गुमशुदा

(कहानी-संग्रह)

गुमशुदा

रेखा

भारतीय ज्ञानपीठ

लोकोदय ग्रन्थमाला : ग्रन्थांक 1538

ISBN : 978-93-5518-268-5

गुमशुदा
(कहानी-संग्रह)
रेखा

GUMSHUDA
(Short-Stories)
by Dr. Rekha Vashisht (Rekha)

सिटी प्रेस, दिल्ली-110 095 में मुद्रित

Published by
Bharatiya Jnanpith
21-A, Daryaganj, New Delhi-110002
Ph.: +91 11 23273167, 23275710
e-mail : vaniprakashan@gmail.com
sales@vaniprakashan.in
website : www.vaniprakashan.com

First Edition : 2024
Price : Rs. 295

उन सभी पात्रों के लिए
जो मेरी कहानियों में बसते हैं।

गुमशुदगी की कहानियां

हां, ये गुमशुदा लोगों की कहानियां हैं। उनकी गुमशुदगी की कहानियां हैं। गुमशुदा लोग घर-परिवार से ही नहीं होते, मन से भी होते हैं। कुछ उन गली-मुहल्लों को भूल जाते हैं, जहां वे बरसों से रह रहे थे तो कुछ खुद अपने आप से ही गुमशुदा हो जाते हैं। कुछ ऐसे भी हैं जिन्होंने कभी खुद को खोजा ही नहीं और सारी ज़िंदगी गुमशुदगी में निकाल दी, तो कुछ ऐसे भी जिन्होंने सारी ज़िंदगी खुद को एक खास आईने में देखा-पहचाना और एक दिन अचानक अपने अस्तित्व को संपूर्णता में जी लेने के बाद पता चला कि वे वैसे थे ही नहीं जैसे खुद को समझ रहे थे और उन्हें समय की धारा में गुम हो चुके अपने वजूद को दोबारा खोजना है।

डॉ. रेखा वशिष्ट के इस कहानी-संग्रह 'गुमशुदा' की आठों कहानियों के किरदार गुमशुदा होने की ऐसी ही किसी न किसी तरह की परिस्थिति से गुज़र रहे हैं।

दुनिया बदल गई है। न कहीं बड़ का बूढ़ा दरख़्त बचा है और न ही लाल लंगोट वाले हनुमान जी। पांच दिन से 'गुमशुदा' कृष्णा की मां रोज़ अपने ही घर के पास आकर लौट जाती है पर अपने घर को पहचान नहीं पाती। बरसों से वह कहीं गुम है। उसका जी कहीं नहीं लगा। वह रोज़ सूखी बावड़ी जैसी आंखों से एक अपना-आत्मीय ठिकाना खोजने के लिए दर-दर भटकती है— 'बाबयां दे डेरे' से लेकर 'मापेयां दे घर' तक और एक दिन सच में गुम हो जाती है।

एक दूसरी किरदार है दूर्वा, जिसके भीतर का ब्रह्मांड-पर्वत-पठार, नदी-निर्झर कहीं खो चुका है। देह, आत्मा और आत्मीयजन, सबके बीच से हटाकर जैसे उसे मृत्यु को दे दिया गया है। लेकिन कहीं न होने से कितना

अच्छा है होना। इसलिए वह पूरी हिम्मत के साथ अपना एक नया पता खोज लेती है— 'कैंसर टोला।'

'सर्वे संतु निरामयाः' की अलकनंदा सालों पहले से साध्वी के रूप में अपना अस्तित्व खोज चुकी है। उसके लिए देह मरणधर्मा है और सुख एक मृगतृष्णा लेकिन आश्रम के सामने खुली मछली की दुकान उसके सारे ज्ञान-ध्यान, संन्यास-शुचिता की आस्थाओं को हिलाकर रख देती है। उसके मुंह से 'सर्वे भवन्तु सुखिनः' के स्थान पर 'सत्यानाश' निकलता है और जन्मजात नीच कुल का मछली और शराब बेचने वाला माणिक उसके सत्संग को सुनकर अपना नया ही अस्तित्व खोज लेता है— 'सर्वे संतु निरामयाः' का।

उधर, कॉलेज के दो युवा-विद्यार्थियों की लव-मैरिज और 'तथाकथित' आत्महत्या के बाद मैडम प्रिंसीपल द्वारा रखवाया गया 'दो मिनट मौन' सिर्फ़ जातिगत रूढ़ियों का नफरत-भरा पिटारा ही नहीं खोल देता, बल्कि खुद उन्हें आरोपों-आक्षेपों की उसी राह पर लाकर खड़ा कर देता है जहां चालीस साल पहले उन्होंने कभी अपनी मर्ज़ी से विवाह करने का दण्ड झेला था और सामाजिक द्रोह का यह 'कुल-कलंक' आज भी उनकी शिनाख्त का अहम सूत्र है।

'उसका सच' कहानी की मिसेज़ प्रभाकर भी अपनी ही ज़िंदगी से गुमशुदा एक ऐसी किरदार हैं जो कॉलेज में अध्यापन की आड़ में निजी ज़िंदगी के सारे दुख भुलाए-बिसराए बैठी है लेकिन अचानक एक दिन उनका एक विद्यार्थी उन्हें एहसास दिलाता है कि उनकी यह ओढ़ी हुई ज़िंदगी सिर्फ एक इमेज है। कांच की तरह कच्ची इमेज जो कभी लोहे का कवच नहीं बन सकती। बीस साल से शेक्सपीयर, शैली और वर्ड्सवर्थ के साहित्य का मर्म समझाने वाली मिसेज़ प्रभाकर आत्म-साक्षात्कार के इस पल तक पहुंचती हैं कि वह न तो अपने जीवन का मर्म समझ पाई हैं और न ही अपने विद्यार्थियों की शैक्षिक-सामाजिक आकांक्षाओं से कोई संगति बिठा पाई हैं।

'सदा-सुहागिन' की रामप्यारी इस संग्रह की सबसे सशक्त किरदार है जो पति के अत्याचार, निर्धनता के संसार और अपना घर-परिवार छोड़कर एक बड़े शहर में आती है और अपने लिए आर्थिक आत्म-निर्भरता ही नहीं, अपने आज़ाद और खुशहाल वजूद को भी हासिल करती है। वहां कोई भ्रम नहीं, भ्रांति नहीं, बस एक सख्त फैसला है कि पति की मार नहीं सहनी है,

उसकी दूसरी पत्नी को भी नहीं सहना है और अपनी ज़िंदगी को खुश होकर जीना है, चाहे उसके लिए७६ अपने बच्चों से भी अलग रहना पड़े। उसमें प्यार और ममता की कमी नहीं, लेकिन नैतिकता और रूढ़ियों के अत्याचारों के सामने वह अपनी बलि देने को तैयार नहीं।

दूसरी तरफ, 'मानसिक रोगी' की मीना एक ऐसी आत्ममुग्ध किरदार है जिसकी सारी दुनिया सिर्फ उसके ही आस-पास घूमती है। उसके सारे रिश्ते-नाते, पति-बच्चे सभी उसके अपने रूप-केंद्रित व्यक्तित्व के अनजाने हिस्से हैं। वह खुद में इतनी खोई है, अपनी ज़रूरतों में इतनी आत्मरत है कि अपने पति की मानसिक ज़रूरतों को जान नहीं पाती। उसकी आत्म-आसक्ति हालांकि उसे भी कम दुख नहीं देती लेकिन बड़ी आसानी से वह अपने पति को 'मानसिक रोगी' बनाकर आत्म-संतुष्टि और आत्मिक खुशियां पा लेती है और एक अच्छी, चैन और सुकून भरी ज़िंदगी 'काट' लेती है।

''बिल्लियां' कहानी में यह गुमशुदगी घर के मुखिया की मज़बूत वर्चस्ववादी सोच की है जहां बहू द्वारा बनाई गई बिल्लियों की एक पेंटिंग को टांगने भर की जगह बाबू जी की 'संप्रभु सर्वोच्च सत्ता' के दंभ को हिलाकर रख देती है और अंततः न चाहते हुए भी उन्हें स्वीकार करना पड़ता है कि न केवल ज़माना बदल गया है बल्कि उसके साथ घर की सत्ता-संरचनाएं भी बदल गई हैं।

ये सारे किरदार लेखिका के अपने जीवन से जुड़े साधारण लोग हैं, जिन्हें उन्होंने असाधारण शख्सियत के तौर पर गढ़ा है। वे सपाट या एकपक्षीय पात्र नहीं हैं बल्कि अपने अंतर्विरोधों और अपने हालातों की विसंगतियों से जूझते-लड़ते-बदलते जीवित पात्र हैं। उन पर सही या गलत होने के निर्णय नहीं सुनाए जा सकते। उनसे बस, एक सहज और आत्मीय संबंध स्थापित कर खुद को जाना जा सकता है क्योंकि हमारा अपना अस्तित्व भी तो रूढ़ियों, संस्कारों और परंपराओं की असंख्य परतों के नीचे कहीं गुम हो चुका है।

रेखा जी की कहानियां सघन संवेदनाओं की ऐसी रचनाएं हैं जो आज की दुनिया में गुम हो गए 'साहित्य' को पुनःस्थापित करती है। आज, जब साहित्य की आस्वाद-प्रक्रिया तक से गुज़रे बगैर, असंख्य लोग चंद कविताएं या दो कहानियां लिखकर खुद को साहित्य-सर्जक मान बैठे हैं और साहित्य

के नाम पर कुछ भी परोस रहे हैं, ये कहानियां एक सुखद विस्मय की तरह सामने आती हैं और हमें अहसास कराती हैं कि आखिर साहित्य है क्या, कैसी भाषा और कैसे शिल्प में रचा जाता है, कैसे हमारी विचार-प्रक्रिया को आंदोलित करता है और कैसे हमारे अंतर्मन में कालजयी होकर चिरंतन रूप से घर बना लेता है।

—डॉ. विद्यानिधि छाबड़ा

अनुक्रम

कैंसर टोला

एक्सरे स्क्रीन पर वह उभरा हुआ चित्र ऐसा लग रहा था जैसे अंधेरे के एक हिस्से में कोई चमकीली उल्का घूम रही हो। लगभग सम्मोहित आकाश देख रही थी दूर्वा। यह उसके भीतर का ब्रह्माण्ड- पर्वत, पठार, नदी- निर्झर, गुफा- गह्वर... तभी उस गंदुमी रंगत वाली डॉक्टर ने माथे पर बल डालते हुए कहा- "इट डज़ंट लुक गुड...।"

वह दूर्वा की ओर पलटी। एक उड़ती हुई नजर- से उसे देखा और मैमोग्राफ को एक बार फिर रोशनी के बरक्स देखने के उपक्रम में बाहें ऊपर उठाईं।

बाहर जून की चिलचिलाती धूप थी लेकिन उस वातानुकूलित अंधेरे कमरे में डॉक्टर की नींबू की गंध वाले धीमे परफ्यूम ने दूर्वा को एक क्षणांश के लिए अक्तूबर के उन झिलमिले दिनों की याद दिला दी। बरसों पहले उसके घर के पिछले लॉन में नींबू का वह बौना सा पेड़ नींबुओं से लदा रहता था। पास में बेंत की दो कुर्सियों को आमने-सामने जोड़कर दादी तकियों के सहारे अधलेटी- सी पड़ी रहती थी। कॉलेज से आकर दूर्वा नरम-नरम हाथों से उनके हाथों में बादाम रोगन मलती थी और उलट-पलट कर उनके दुबले हाथों को देखती रहती थी। कीमोथैरेपी के कारण उनके गुलाबी नाखून काले पड़ गए थे। वह हर करवट बदलते हुए कराहती थी और न जाने कितनी बार यही दुहराती थीं..."ये हैं करमों के लेखे। भगवान यह नामुराद बीमारी दुश्मनों को भी न दे।"

जहां तक करमों के लेखों की बात है, पूर्वा तब भी तिलमिला जाती थी. .."अरे! शरीर है तो बीमारी है। इसमें करम कहां से आ पड़े? एक बीमारी का बोझ झेलो ऊपर से करमों का।" परन्तु हमेशा दादी की भी दादी बनते

हुए बहुत प्यार से उन्हें समझाने लगती, "नहीं आमाजी, कर्म तो आपने बहुत ही नेक किए थे- लगता है आपका रिपोर्ट कार्ड किसी ने बदल दिया।"

डॉक्टर उससे मुखातिब हुई, "घबराने की बात नहीं है। एक छोटा- सा ट्यूमर है... अब बहुत अच्छे इलाज चल पड़े हैं। यह तो पहला टेस्ट है। अभी कुछ और टेस्ट होंगे। बी ब्रेव एण्ड बेस्ट ऑफ लक।"

कुछ और टेस्ट भी हो लिए और रिपोर्ट भी तैयार हो गई। एक के बाद एक किसी अबूझ भाषा में सभी टेस्टों के परिणाम दर्ज कर दिए गए मैडुलर कारसीनोमा (Medular Carcinoma)। उन दुरूह शब्दों के व्यूह में उलझी दूर्वा ने उसी तर्ज पर डॉक्टर से पूछा- मुझे क्या हुआ है- जिस तर्ज पर नचिकेता ने पिता वाजश्रवा से पूछा था- "कस्मै माम् दास्यसि (मुझे किसे दोगे)?" डॉक्टर ने उसकी नासमझी पर झुंझलाते हुए कहा- "कैंसर"- जैसे वाजश्रवा ने नचिकेता से कहा था "त्वा मृत्यवे ददामि (तुम्हें मृत्यु को देता हूं)।"

डॉक्टर दूर्वा से ही कह रहे थे, "ट्यूमर निकालने के लिए तुरंत सर्जरी करनी पड़ेगी। उसके आगे लम्बा इलाज चलेगा।"

उस एक क्षण ने दूर्वा को अपने सभी आत्मीयजनों के मध्य से चील की तरह झपट कर उठाया और एक ऊंचे ढांक पर रख दिया- धीरे-धीरे अपना आहार बनाने के लिए। उसे लगा वह उनसे बाहर है। इस जानी-पहचानी आत्मीय पृथ्वी के भी बाहर किसी दूसरे उपग्रह की वासी। बेटी ने जब अपनी बड़ी- बड़ी डब- डब आंखों से उसको देखा तो उसे समझ ही नहीं आया कि उसकी बोलती हुई आंखों में तैर रहे खामोश प्रश्नों का उत्तर वह किस भाषा में दे। उस एक पल बरसों बरते हुए शब्द इतने नए लग रहे थे मानो पहली बार उन्हें कहना पड़ रहा हो। वे कभी अटपटाकर अटक रहे हों या फिसल रहे हों। बेटी के हाथों को थाम कर वह अंतिम शब्दों जैसा अंतिम कुछ कहना चाह रही थी। अपनी दुनिया और अपना दाय उसे सौंपना चाहती थी। परन्तु बेटी के व्याकुल हाथों की उष्मा उसे एक आश्वासन, एक भरोसा थमाना चाहती थी- माँ! तुम कैसे जा सकती हो? तुम तो कहती थी "मैं हूं ना।"

दूर्वा जिस शहर में जन्मी थी उसका भूगोल उन गांवों से भिन्न था जहां सीमांत पर रहने वाले लोगों से पता पूछे तो वे कहते हैं- चमार टोला, लुहार

टोला, कुम्हार टोला या सुनार टोला। शहर में तो घरों के पते अंकों की गणना से पता चलते हैं। लेकिन गांव या शहर के भूगोल से परे दूर्वा ने अपने नए ठिकाने में अपना नया पता निश्चित कर लिया। वह एक लम्बे निर्वासन में जा रही है उसका पता फिलहाल तो इतना ही है- दूर्वा दीक्षित, कैंसर टोला।

कहीं न होने से कितना अच्छा है होना। दूर्वा अभी है। इसी पृथ्वी पर कहीं तो है। गांवों, शहरों की हदों से बाहर। बसी हुई बस्तियों से दूर। इस बीहड़ ढांक पर। हर समय उस दुर्दान्त चील के डैनों से डरी हुई। डरे हुए तो सभी हैं। दूर्वा कुछ देर के लिए डर की हद से पार निकल आती है। वह तो अपने डर को पहचानती है। उसने तो उसे देखा भी है। कभी अंधेरे अंतरिक्ष में चमकती हुई उल्का की तरह कभी नन्हीं सी गांठ में बंधकर छाती में दुबके हुए। अब तो मौत जब भी आएगी एक पहचाने हुए पड़ोसी की तरह आएगी क्योंकि वह दोनों कुछ दिन एक साथ एक ही जिस्म में रही हैं। जैसे कोई किसी के साथ एक कमरे में इकट्ठे रह लेता है... एक छत के नीचे मौत के साथ रात गुज़ारने की सोचकर अचानक दूर्वा के मन में कौंधा... यह भी तो हो सकता है कि बरसों से अपना श्रेष्ठतम लिख पाने के लिए व्याकुल दूर्वा अरेबियन नाइट्स की शहरजादे की तरह कहानी- दर- कहानी कहकर अपनी मौत को बहला कर रखे। डैनों वाली भयावह चील उसे भूलकर कहीं दूर उड़ जाए।

दूर्वा जब से यहां आई है उसे लगता है कैंसर टोला एक बंजारा बस्ती है। अपना देना- पावना समेट कर जो लोग यहां आए हैं बंजारों के सिर पर लदे बुचकों की तरह उनके हाथों में, उनके साथ- साथ भी एक फाइल चलती है। ले- देकर यही उनका इतिहास है- उनकी केस हिस्टरी। किसी से और अधिक पूछने की ज़रूरत भी नहीं। जो भी यहां है उसके पास इस कम्यून में प्रवेश पाने की एक ही तय पहचान है कि वह डसा हुआ है। दूर्वा के मन में बचपन में उस कांगड़ा घाटी की पड़ोसन आंटी का कहा हुआ एक वाक्य अचानक अर्थवान होकर कौंध उठता है। वह जब- तब माँ से दुखड़ा रोते हुए कहा करती थी भैण जी असां हन डंगयो- हम हैं डसे हुए। रेडियोलोजी डिपार्टमेंट की भीड़ में घुसते ही दूर्वा वह एक वाक्य जपती- सी चलती है- हम हैं डसे हुए- सबकी एक ही राशि- कैंसर यानी कर्क एक ज़हरीले केकड़े का विष- दंश झेलते हुए लोग। बस अंतर इतना ही है कि वह जब झपटा

होगा तो किसी के जिगर में तो किसी के फेफड़े में किसी की खोपड़ी में तो किसी के तालु में। स्तनों में या योनि में यहां तक कि दंष्ट्राओं के नीचे। कहीं भी हो जो पीड़ा और हताशा देह से निथर कर आंखों से टपक रही है वह एक ही रंग की है... इस रंग के लिए आप तुरंत लाल- पीले जैसा कोई नाम तो नहीं दे सकते परन्तु इसकी बदरंगत ही उसकी असली रंगत है।

दूर्वा जब पहले दिन इस विभाग में रजिस्ट्रेशन के बाद डॉक्टर के कमरे में घुसी तो वातावरण की घुटन को कुछ कम करने के लिए उसने कहा– "गुड मार्निंग डॉक्टर।" डॉक्टर ने अनसुना करते हुए कहा– "बोलो बीबी, क्या तकलीफ है?"

'मैडम' सुनने के अभ्यस्त कानों को यह निर्दोष सम्बोधन कुछ रास नहीं आया। उसने भरसक अपने कहे हुए वाक्यों में अंग्रेज़ी शब्दों का प्रयोग किया ताकि डॉक्टर उसे अनपढ़- देहाती न समझें। इलाज की बात आई तो भी उसने कहने की कोशिश की– बेशक कीमती दवाएं लिख दें... रिम्बर्स हो जाएंगी- इस बहाने यह भी कहना चाहा कि उसका भी एक रुतबा है– वह भी नौकरी पेशा रही है। परन्तु डॉक्टर साहब ने मरीज़ होने के अलावा किसी भी अन्य पहचान के सूत्र खटाक से काट डाले और अगला प्रश्न पूछा, "छूने पर दर्द होता है?" "सांस फूलती है?" "खांसी या बुखार?"

दूर्वा को लगा बीमारी से अधिक पीड़ा तो यह खाकसारी दे रही है। नाम नहीं, रुतबा नहीं, पहचान नहीं। बस केवल एक रजिस्ट्रेशन नम्बर।

दूर्वा को याद है दूसरी बार जिन डॉक्टर से सामना हुआ उन्होंने फाइल से हटकर एक और प्रश्न पूछा, "कहां से आई हो?" लगा उसके पांव के नीचे किसी ने बित्ता भर ज़मीन रख दी है।

"शिमला में मौसम कैसा है?"

डॉक्टर ने तो केवल मौसम का हाल पूछा था। उसे लगा उन्होंने उसके तन के अतिरिक्त मन का भी हाल पूछा है। अचानक वे उसे अपने भाई- बंधु जान पड़े। दूर्वा ने एक असंगत सी बात कह दी– "वैसे तो सब ठीक है पर मैं कैंसर से नहीं मरना चाहती। मुझे इसकी पीड़ा से बचाइये।"

डॉक्टर तनिक मुस्कुराये और उस मुस्कुराहट ने उसे डूबने से बचा लिया। अरे! डॉक्टर तो अपनों से भी अपने हैं... उसे बाहर से ही नहीं भीतर

से भी जानते हैं... वह गांठ में बंधी चोर जैसी मौत? उसकी खबर भी तो डॉक्टर ने ही दी थी। प्रकट दूर्वा ने इतना ही कहा, मैं नहीं डरती...। आप हैं तो डरना क्यों?"

एक महीना बीत चुका है... अब यह जगह, यहां के लोग डॉक्टर, मरीज़, नर्सें और दूसरे कर्मचारी सभी अपने से लगते हैं। कुछ लोग यहां बैठे हैं। डॉक्टर के कमरे से बाहर। एक नाम पुकारा जाता है, 'अरमान' क्षणांश के लिए कुत्ते की दुम जैसा हठी मन पूछता है, 'मुसलमान?' फिर लगभग तीस- बत्तीस बरस की एक सांवली- सी माँ लगभग चार- पांच साल के बच्चे को गोदी में उठाए कमरे की ओर लपकती है। बच्चे का सिर मुंडा हुआ। पतली- सी गरदन पर पंसेरी जितना। नाक पर मास्क। ब्रेन ट्यूमर। माँ रोती हुई आवाज़ में पूछती है, डॉक्टर साहब! छुट्टी कब मिलेगी? घर में इसके बाप का एक्सीडेंट हो गया है। एक और छोटा बच्चा भी है।"

"कहां से आई हो बीबी?"

"मलेरकोटला से।"

"कोई और इंतज़ाम कर लो। अभी छुट्टी नहीं मिल सकती।" वह बाहर आकर दूर्वा के पास वाली कुर्सी पर बैठकर सुबकने लगती है। दूर्वा बच्चे को बहलाने के लिए पूछती है, "कैसे हो अरमान? घर जाओगे बेटा?"

अरमान ऐसी नज़रों से देखता है जैसे उसकी नासमझी पर तरस खा रहा हो।

अपनी बारी की प्रतीक्षा में एक और महिला लगभग हर रोज़ सामने की कतार वाली इसी अंतिम कुर्सी पर बैठती हैं। कीमोथैरेपी के बाद रेडियोथैरेपी के लिए आती है। सिर पर बाल नहीं है इसलिए एक रेशमी स्कार्फ सिर पर बांधे रखती है। दूर्वा हैरान होती है कि इतनी तकलीफ में होकर भी ये हीरे जड़ी चूड़ियां पहनना नहीं भूलती न ही बिंदी लगाना। वह दूर्वा से पूछती हैं, "आपकी कीमो हो गई?"

"नहीं अभी नहीं"

"तभी तो, कुछ दिन और बाल बना लो।"

"सुना है कीमो की दवाइयां काफी महंगी है।"

"हां, मेरी इंजैक्शन साठ हज़ार की आती थी। मेरा बेटा अमेरिका में डॉक्टर है। उसे सब पता है। उसी ने कहा था सरकारी डिस्पेंसरी से दवाई

मत लेना। मेरी दवाइयां तो इम्पोर्टिड थी।"

"आपकी सर्जरी किस डॉक्टर ने की?"

"यहां के जो सबसे सीनियर सर्जन हैं, बेटे को जानते हैं। मेरे तो पहले भी तीन ऑप्रेशन हो चुके हैं। मैं डायबिटिक भी हूं न। पहले ऑप्रेशन के समय तो कोई दवाई रिएक्ट कर गई थी। जूनियर सर्जन की गलती थी। उसे तो सस्पेंड कर दिया गया था। दूर्वा ने देखा वह ब्रेस्ट कैंसर की पेशेंट थी लेकिन देखने से ऐसा नहीं लगता था। वह दूर्वा की नज़रों को बीच में से ही टोक कर बोली, "मेरी तो ब्रेस्ट री- कंस्ट्रक्शन सर्जरी भी हो चुकी है। मेरी फैमिली चाहती थी कि मेरा कॉनफिडेंस बना रहे।"

वह लगातार बोल रही थी और कराह भी रही थी। तभी उसके नाम की पुकार हुई... वीना सहगल। वह अंदर गई तो साथ वाली कुर्सी पर बैठी अमनजोत दूर्वा से कहने लगी, "ये जो आंटी है न! सभी मरीज़ों को बता चुकी हैं कि इनका बेटा अमेरिका में डॉक्टर है और इनकी दवाइयां हम सबकी दवाइयों से महंगी आती हैं। कल तो सामने बैठे बाबा जी ने उन्हें टोक कर कह ही दिया था... बीबा जी, ये बातें तू हमें क्यों बताती है। ये जो नामुराद रोग है न यह तो सबको एक ही सिराहने सुलाता है। अमेरिका हो या हिन्दुस्तान। किसी का बेटा डॉक्टर हो या पहलवान।

अमनजोत उन्नीस- बीस साल की लम्बी पतली लड़की है। बी.ए. फाइनल का इम्तहान देने से तीन महीने पहले बेहोशी के दौरे पड़ने लगे और फिर पता चला ब्रेन में ट्यूमर है। बाप तो है नहीं। माँ साथ आती है। कभी- कभी बहनें भी। तीनों लम्बी, मज़बूत काठी की जाट औरतें हैं। जब आती हैं तो सबकी नज़रें एक बार उनकी ओर घूमती ज़रूर हैं। अमन की माँ गांव की प्रधान है। उसके आने पर कुछ और तीमारदारों के बीच खेती- बाड़ी, सबसिडी और स्थानीय राजनीति की चर्चा चल पड़ती है। अमन की बहिन सिमरन आती है तो लैब टैक्नीशियन अतिरिक्त व्यस्तता के बहाने लाऊंज के दो- तीन चक्कर काट लेता है। अमन सबकी बिटिया रानी जैसी है। किसी को पानी पूछती है तो किसी का हाथ पकड़कर टॉयलट तक पहुंचा आती है। सिर पर कसकर दुपट्टा न बंधा हो और चेहरे की रंगत इतनी पीली न लगे तो अमन भी सुन्दर कही जा सकती है। वह बुढ़िया करमो, जिसकी आवाज बैठ चुकी है, बार- बार बलैयां लेकर उसे असीसती है- "पुत्त मेरी उमर तैनूं लग जावे"-

यह कहते हुए उसके मुंह से गोगो जैसी आवाज़ निकलती रहती है।

वे जो अधेड़वय दम्पति अभी आए हैं वे दरवाज़े पर पहुंचते ही पहले जायज़ा लेते हैं कि कहीं बैठने के लिए खाली कुर्सी है या नहीं। पति के गले में कैंसर है परंतु कल ही उन्होंने विस्तार से बताया कि उनका कैंसर दूसरे कैंसरों से कम भयंकर है। रेडियोथैरेपी के बिना भी चल सकता था। पता चला वे स्वयं किसी ज़िला अस्पताल से सी.एम.ओ. रिटायर हुए हैं। साथ आने वाली महिला उनकी पत्नी है और हमेशा पानी और जूस की बोतलों से भरा हुआ बैग लिए चलती हैं। वे स्वयं डॉक्टर रह चुकी हैं। पंद्रह मिनट से अधिक इंतज़ार करना पड़े तो डॉक्टर साहब चिड़चिड़े से हो जाते हैं। उन्हें बद से बदतर होती जा रही व्यवस्था पर गुस्सा आने लगता है। आजकल के डॉक्टरों के व्यवहार से शिकायत होने लगती है। वे बार- बार उठ कर दरवाज़े तक जाते और लौटते हैं। पत्नी उन्हें घूंट-घूंट पानी देती रहती हैं।

पांव घसीटकर चलने वाली इंदू भी पति को लेकर पहुंच गई है। तड़के उठकर खाना पैक करके दोनों दो-तीन बसें बदलकर पास के किसी छोटे से शहर से यहां पहुंचते हैं। यहां अभी बैड खाली नहीं है और कहीं बाहर होटल में रहना बूते से बाहर है। पहले दिन देखा तो पति, जिसके मुंह में कैंसर है लगातार बातें कर रहा था। कोस रहा था कि कैसी चंडाल बीमारी है– मामूली दांतों के दर्द से शुरू हुई और अब जान लेने पर आमादा है। पांच- छह बार आने के बाद देखा है तो शक्ल पहचान में नहीं आ रही।

कमला रानी के घरवाले को शिकायत है कि उसकी खुराक का ध्यान नहीं रखा जा रहा। वे लोग दूर के रिश्ते के भानजे के पास ठहरे हैं। सारी जवानी तो बोतल और अड्डेबाजी में मस्त रहा अब कमला कमला रटता रहता है और क्या दें इसे? रोज़ खरोड़े पिला रहे हैं। दूध की बांध भी लग़ाई है। इतना कम है जो कमला अब तक साथ दे रही है? इसकी जगह वह बीमार होती तो छोड़कर भाग गया होता।

कमला के विपरीत है अमला। कहते हैं उसके पति का कैंसर काफी पेचीदा है। सारे शरीर में फैल चुका है। वह उसे लगभग गोदी में लिटाए चुपचाप जाप करती रहती है। कभी हाथ- पांव मलती है, कभी सिर सहलाती है। उसकी आंखें रह-रह कर डब-डबा जाती हैं। वह बिल्कुल नहीं बोलती। लोग भी सहमे से उन्हें देखते रहते हैं। उनके तन्मय एकांत को

तोड़ने से बचते हैं। दूर्वा अमला की सिंदूर भरी मांग और माथे पर बड़ी-सी बिंदी को देखकर सोचती रहती है कि क्या ग़म देवता भी इस लाल बत्ती का लिहाज़ करेंगे?

कहीं जगह नहीं मिली तो रमई फर्श पर लेट गया है। जून महीने में रिक्शा चलाते- चलाते जान वैसे भी बेहाल हुई रहती थी। अब जिगर में यह बीमारी। पानी तक हलक से निगलना कठिन हो गया है। उसे कहते हैं, उठकर बैठो तो वह झुंझला उठता है..."अरे! लेटने दो भइया। तुम्हारा क्या जाता है। दो घड़ी। पंखे की हवा में आंख लगने लगी थी...।"

दूर्वा कैंसर टोले के हर सदस्य से हिल- मिल गई है। कोई किसी दिन दिखाई न पड़े तो चिंता होने लगती है। दो ही कारण हो सकते हैं। अस्पताल से छुट्टी या फिर इस जहान से छुट्टी। अरे भाई! कहते हैं दो कदम साथ चलने से दोस्ती हो जाती है, यहां तो इतने दिनों का साथ है। जाना ही हो तो बताकर जाना भइया।

अगली पुकार है- दूर्वा दीक्षित। दूर्वा उस अंधेरे कमरे में घुसती है। पहला वाक्य कान में पड़ेगा- कपड़ा हटाओ। इस महीने में यह वाक्य इतनी बार सुन चुकी है दूर्वा कि लगता है इसे कोई इन्सान नहीं मशीन ही कहती है और तुरत कमीज़ उतारते हुए हाथ भी उसके नहीं होते मशीन के ही होते हैं। फिर मशीन के नीचे काली स्याही से मार्क किया हुआ बायां स्तन और आस- पास का इलाका। उसे लगता है उसका शरीर एक नक्शे की तरह किसी खुफिया रोशनी की जद में है... आड़ी- तिरछी काली लकीरें किसी ध्वस्त किले में घात लगाए दुश्मन के ठिकाने के संकेत हैं... बस वहीं घुसकर प्रतिघात करना है... वहीं।

अगले बीस मिनट में दूर्वा हर रोज़ एक लम्बी यात्रा पर निकलती है। यह यात्रा उसे अंतरिक्ष की ऊंचाइयों में नहीं ले जाती। पाताल लोक की गहराइयों में ले जाती है। पाताल लोक के हर तल पर वह अपनी विविध छवियां देखती है- जैसे मानो एक- एक करके कभी इन चेहरों को उतारकर यहां रख गई हो और ये यहीं पड़े रह गए हों। कहीं वह दस- बारह बरस की बच्ची है और शीशे के सामने अपने नन्हें उभारों को देखकर हैरान और रोमांचित खड़ी है। कहीं वह बीस बरस की युवती है अपनी देह के टीलों, पठारों, घाटियों में हिरणी की तरह कुलांचें भरती हुई... कहीं वह छल छलाते

रस- कलश उठाए खड़ी है और प्यासे अंजुरी बांधे कोई उसे ताक रहा है। एक और तल है जहां बहुत हरियाली है। कल- कल करती नदियां उसकी छातियों से होकर बह रही हैं और चारों तरफ नन्हें बच्चों की दूधिया किलकारियां हैं ... फिर एक ऐसा तल आता है जहां बरसों से बादल नहीं बरसे। अनावृष्टि और सूखा है। नदियां सूख गई हैं। बड़े- बड़े पत्थरों से अटी हुई हैं। पानी की लुप्तप्राय धाराओं की जगह काई और शैवाल न जाने क्या- क्या सड़ने लगा है... उससे आगे भी एक तल है जहां एक छोटा- सा केकड़ा कुलबुला रहा है ... देखते ही देखते वह मगरमच्छ बनकर उसे दबोचना चाहता है... चीख निकलने को होती है तभी खट से मशीन रुक जाती है और कमरे में रोशनी फैल जाती है। दूर्वा धरती पर लौटकर फिर से कमीज़ पहन लेती है।

बाहर वे सब हैं। पाताल की इन यात्राओं के सहयात्री। सहसा दूर्वा का मन उन सबके लिए अपनापे से भर उठता है... उधर से डॉक्टर स्वाति आ रही हैं। उनके पति डॉ. रजत रोज़ उनके साथ आते हैं। सिर पर नए बाल उग रहे हैं। टी शर्ट के नीचे सब समतल है। प्रोफेसर रश्मि भी लौट रही हैं। सिर पर बेढंगा सा विग है- कमीज़ के नीचे ऊबड़- खाबड़। दूर्वा की आंखें रोज़ इन छह- सात लोगों को किसी भी भीड़ में खोज लेती हैं जो उसी की तरह स्तन कटी नहीं, जो कैंसर टोले में भी उसकी अपनी गली की हैं।

दिन- रात फोन आते हैं। सबको चिंता है। सब उसके लिये प्रार्थना करते हैं, उसके साथ होना चाहते हैं। उसकी पीड़ा में भागीदारी चाहते हैं। बार- बार भरोसा देते हैं कि वह अकेली नहीं है। दूर्वा जानती है वह अकेली नहीं है... उन सबके रहते जो उससे भी गहरी यंत्रणा भोग रहे हैं... उनके रहते जो उस रसातल में है जहां से धरातल पर लौटना संभव नहीं। दूर्वा सुरक्षित है। मज़े में है। अपने लोगों में- उनके साथ। उसे ढूंढना हो तो डायल करें या फिर आप संदेश भी भेज सकते हैं, इस पते पर- दूर्वा दीक्षित, द्वारा कैंसर टोला।

गुमशुदा

यह पांचवी रात है। घर के सभी प्राणी बिना खाए- आधा खाए, जगे- अधजगे गेट खुलने की, टेलीफोन की या फिर किसी भी अप्रत्याशित आवाज की प्रतीक्षा में बैठे हैं। अचानक उनमें से कोई उठकर आंगन में चहलकदमी करने लगता है या फिर कोई उमस भरी रात में फ्रिज खोलकर पानी का गिलास भरकर पी लेता है...यदि आज भी कोई पता नहीं चला तो?

पुलिस में खबर किए भी चार दिन हो चुके हैं। खुद घर के दो जवान बच्चे उनके दोस्त- मित्तर, सगे- रिश्तेदार, पड़ोसी किसी ने कसर नहीं छोड़ी। कोई गाड़ी लेकर दौड़ा तो कोई मोटर साइकिल और स्कूटर लेकर, जहां कहीं भी कोई जानने वाला घर परिवार है, सबको खबर कर दी है। चारों दिशाओं में बीस-तीस मील तक तो चप्पा- चप्पा छान मारा है... अब क्या होगा? क्या कहेगी दुनिया? बेटे से एक बूढ़ी माँ नहीं सम्भाली गई? दुनिया की तो कोई क्या कहे जो कहना होगा कह लेगी। पर उसकी अपनी अन्तरात्मा उसे रात-दिन लताड़ रही है... किसी तरह बैठने ही नहीं देती। लताड़ ही तो रही है, जैसे वह उस झबरे खाज खाए कुत्ते को लताड़ती रहती थी।

वह झबरा, खाज खाया कुत्ता जब भी मुंह टांगों में छुपाए कहीं छाया में ऊंघने लगता, वह झट पांवों से उसे कोंचने लगती उठ, उठ। करमजले उठ। रात- दिन सोया रहता है। खाता है या सोता है– "बस...कुछ होर है नी तेरे बस दा।" कुत्ता कुछ देर कूं- कां करके फिर दूसरी जगह बैठ जाता... वह तब भी ऐसे ही उस कमरे के बाहर बैठा रहता था जब कमरे में किशन का बाप दिन भर हुक्का गुड़गुड़ाया करता था या अपनी फालिज मारी टांगों से दरवाज़े तक घिसट कर कभी-कभी रसोई की तरफ भूखी आंखों से ताकते हुए पूछ लेता..."किशन दी बीबी*, रोटी कद पकणी?" रसोई में कोई हो

तब न? किशन दी बीबी तो तब भी किसी आंगन में चार औरतों के बीच कह रही होती– "भैणजी, मैं की करां... मेरा जी नी लगदा...।"

आज वही किशन की मां पांच दिनों से घर में नहीं है। उसका उचाट- सा मन वैसे तो हर सुबह चल- उठ, चल उठ कहते हुए उसे कोंचने लगता है। बेटा, बहू दोनों पोते अभी घर पर ही होते हैं। वह उन सबसे पहले चाय के साथ दो रोटियां निगलकर पांवों में हवाई चप्पल फंसा कर निकल लेती है।

रूखे, उलझे हुए बाल, तिरछी धनुषाकार टांगें, फटी हुई एड़ियां, झुकी हुई पीठ और सूखी बावड़ियों जैसी आंखें बदरंग कुरते की बाहों से निकल कर झूलती हुई आधी नंगी बाहें ऐसे लगतीं जैसे पेड़ चढ़ी सूखी हुई बेलों में काली तोरियों के पिंजर लटक रहे हों...। वही किशन की मां पांच दिनों से घर में नहीं है।

उस दिन यदि सोमवार सुबह जब घर से निकली तो किसी ने तो पूछा ही होगा– "पधाणी[2] किथे जाया कर दी?" भले ही उसे छेड़ने के लिये पूछा हो– अलबत्ता अब तो इस बस्ती के लोग उसे इस तरह रास्तों पर देखने के अभ्यस्त हो गए हैं। कोई समझ- सयाना तो उसे रोकता नहीं जिसकी शामत आई हो वह पूछे और फिर सुने– "खसमा नू खाणे, राह चलदे नू टोकदे।"

शहर के बाहरी इलाके में हल्की- सी ऊंचाई पर खेतों के बीच बना बेटे का सुन्दर आधुनिक बंगला, घर के दरवाज़े पर खड़ी दो- दो गाड़ियां, मज़बूत गेट के पास पोर्च में बंधा कद्दावर कुत्ता, लॉन में घास को सींचता हुआ माली, रसोई में बर्तन धोती हुई नौकरानी– अब उसे कोई भी नहीं रोकता और वह घर की नज़र उतारने वाली काली काढ़नी की तरह कील से उतरकर घर को अपशकुनी, अमंगलकामी नजरों के आगे बेपर्दा करके चल देती है।

...फिर भी ऐसा तो कभी नहीं हुआ। अंधेरा होते-होते जब तक गायों को गुआणियों में बांधने का, ब्राह्मणों के घर ठाकुर जी की आरती का और अतिव्यस्त बेटे के घर लौटने का वक्त होता तब तक किशन की मां धूल-मिट्टी से सने पांवों से तख्त पोश पर पालथी मारकर आ बैठती और सीधा बहू को हुक्म देती– "ओ कुसुमा चाह बणा मैंनू। कदे माँ नू वी पुछलया कर।"

ऐसे वक्त यदि कोई पूछ ले कि सारा दिन कहां गुज़ारा तो किशन दी

बीबी' बहुत ही संजीदा होकर कहने लगती- देखो भैणजी, असी ता गुरु है धारण कित्ता वा असी गुरु- पीर वाले हुंदे- मैं ता बाबेयां [3] दे गई थी... मैंनू उथे सारे ही जाणदे सारियां बहुआं पैरी हथ लाउंदीआं... सारे बोलदे पधाणी, आ जाया करो- जी लग जाऊगा इथे...।

कहां था यह 'बाबे दा डेरा?' घर से पंद्रह- बीस मील। लेकिन पधाणी मरुभूमि के जहाज़ की तरह तपती धूप में यह फासला चल चल कर तय कर लेती। ऊंट के तो पेट में पानी रहता है। पधाणी की कमीज़ के नीचे पहनी शमीज़ की थैलीनुमा जेब में कुछ चने रहते, कुछ मूंगफली या बेसन की मिठाई के कुछ टुकड़े। दांत हरदम कुछ पीसते से लगते। पानी? कहीं भी बहती धार में अंजुरि बांध कर दो घूंट पी लेती होगी... और इस तरह एक और दिन निकल जाता।

बेटा दफ्तर से आते ही पहले माँ के कमरे में झांकता। उसे चुपचाप नाक तक मुंह ढांपे लेटा हुआ पाकर या एकटक छत को ताकते हुए देखकर आश्वस्त हो जाता। बहू? वह खाने के साथ उन सारे तानों, फटकारों और गालियों का हवाला देती जो पति की अनुपस्थिति में 'किशन की बीबी' उसके लिए परोसती रहती। पधाणी का बेटा- 'मेरा किशन' तो था भोला भंडारी... सच्चा, साहु...। और बहू? बस पूछो न। कुसुम उसके खुरदरे फटे हुए हाथों में कोल्ड क्रीम लगा रही हो या उसके जटाजूट बालों में कंघी फेर रही हो- पधाणी की जुबान चलती रहती- "ए बहू है न, एह बड़ी चंदरी है। किशन भी इदे कहे ते लगता। एह तां वसीकरण जाणदी। मैंनू तां रसोइ च वड़न नी दें दी। चीज़ नू हथ नी लाण देंदी। काहू- कमीण, नौकर- चाकर सब चंगे, मैं माड़ी... सारेंयां दी जूठ मैंनू खलांदी, भैणजी मेरी ता दुरगत है दुरगत...।" वही 'किशन दी बीबी पांच रातों से घर में नहीं है। कहां गई, कहां सोई, क्या खाया, कुछ पता नहीं। किशन का चेहरा गहरी पीड़ा से दरक- दरक जा रहा है। कुसुम का भी बुरा हाल है। वह रोते- रोते कह रही है... "बीबी, बस एक बार वापिस आ जाओ। चाहे फिर सारी उम्र मुझे गालियां देते रहना। हम पर यह दाग न लगाओ।"

किशन जब थाने रिपोर्ट लिखवाने गया तो उससे पूछा गया था, "गुमशुदा की दिमागी हालत कैसी है?" उसने कहा था "नहीं, वह पागल नहीं है।" वह पागल कहां थी? बस इतना ही तो कहती थी बार- बार- "हाय, मैं

की करां? मेरा जी नी लगदा।" पागल नहीं थी तो इस तरह घर से निकलकर सड़कों पर क्यों घूमती रहती थी? न मौसमों की मार का डर, न चोर उचक्कों का भय, न भीड़- भड़क्के में खो जाने की चिंता, न जंगल- जानवरों से खतरा, न चलने की थकान न भूख न प्यास और न यह अहसास कि अस्सी साल की बूढ़ी काया कहीं राह चलते आंख मूंद ले तो?

...फिर भी किशन जानता है वह पागल नहीं थी। लोगों के बहुत कहने पर भी कि उसे पागलखाने छोड़ आओ या धरमपुर अस्पताल में भर्ती करा दो...उसने सबका विरोध किया था। दिन भर घूमती ही तो थी न बेचारी...उस परिंदा रूह को पता नहीं किस घर की तलाश थी... कहां छूट गया था वह घर? कैसा था वह घर जो उसे कभी मिला ही नहीं? न पिता के घर में, न अपने घर में, न पुत्र के घर में।

किशन जानता तो नहीं पर अपने खून में माँ की रूह का उच्चाटन महसूस करता है। उसे लगता है कि सारी धरती पर वह उस चार अंगुल ज़मीन को खोज रही है जहां जन्म के बाद उसकी नाल दबाई गई थी। कहां है वह चार अंगुल ज़मीन? निढाल- सा पड़ा किशन माँ के ऋण से उऋण होना चाहता है। उसके लिए वह चार अंगुल ज़मीन का टुकड़ा चाहता है जहां उसका जी लग जाए। उसके लिए तो वह छितराई हुई कंटीली झाड़ होकर भी घनी छांव थी। कभी- कभी बौखलाकर उसे चूमती रहती- "मेरा पुत्त, मेरा पुत्त"... ऐसे क्षणों में उसकी कुरूपता, कर्कशता, विक्षिप्तता जैसे कहीं गायब हो जाते... और किशन उन बौराई हुई आंखों में देखते हुए ज़िन्दगी के सारे बीहड़ और भटकन भूल जाता।

फूस का वह घर यहीं कहीं था... यहीं जहां आज गौशाला है। माँ ऐसी ही अलख बछेरी। पिता जन्म भर के रोगी। उसे ऐसा ही बचपन नसीब हुआ था। फिर धीरे- धीरे सब कुछ बदल गया। वह फूस की छप्पर इसी कोठी के पिछवाड़े गुम हो गई। पिता का दुर्भाग्य उनके जन्म के साथ आया था मौत के साथ चला गया... सब कुछ बदला... पर माँ? पत्नी के साथ घर में बसावट आई फिर भी माँ?

...माँ के लिए कुछ नहीं बदला। उसने तो शायद ही अपनी खाट और उसके ऊपर छत के अलावा आस- पास कुछ भी बदलते हुए देखा होगा। पहले घर से निकलती थी तो दरवाज़े पर से लकड़ी की अर्गला हटाकर जाती

थी। अब गेट का यह रोबीला दरवाज़ा खोलना पड़ता है। बाहर का दुर्निवार आकर्षण तब भी था, आज भी है। आज भी रास्ते, पगडंडियां, कच्चे बाट देखकर पधाणी की रूह में ऐसे हिलोरे उठते हैं जैसे कोई बीन बजाकर पिटारी में सोये नाग को जगा दे। उसके पैर रास्तों की लय में एकाकार हो जाते हैं।

कभी सुबह ही गठड़ी बांधकर वह कहीं जाने की तैयारी में होती। किशन पूछे- "बीबी, किथे नूं?" तो कातर- सी होकर कहती, "पुत्त मैं मापेयां दे जाणा। मेरे मापेयां ने सनेहा भेजया। पुत्त, मेरा जी मापेयां वलों उदास है। मेरे भतीजे मेरा भतेरा मान कर दे। बहुआं बोलदियां बुआ, आ जाया कर... पुत्त मैं छेती मुड़ आणा, पुत्त, इथे मेरा जी नी लगदा। हुण मैनू जाण दे...।"

वही 'किशन दी बीबी' इस बार न 'बाबे डेरे' पहुंची न 'मापेयां' दे। माँ- बाप का घर तो कहीं था ही नहीं। पता नहीं सब भाई- भतीजे कहां- कहां बिखर गए थे। किसी को अंदाज़ तक नहीं होगा कि कोई उन तक पहुंचने के लिए सुबह- सवेरे गठड़ी बांध कर निकलता होगा। ये सब आत्मीय और उनका बसेरा उसकी कल्पना में आबाद था, उसे बुलाता रहता था। शायद वहां कहीं उसका कुछ छूट गया हो।

...तो फिर वह गई कहां? किशन बार- बार उस फोटो को उलटता- पलटता है जो पुलिस को और टी.वी. पर दिखाने के लिये दी थी। कितनी मुश्किल से बच्चों के जन्म दिन पर यह फोटो खींचा था। कैमरे से वह इतना घबराती थी मानो कोई उसे बांधने के लिए आया हो। किशन के गले से एक बेसाख्ता पुकार निकली..."बीबी तू किथे है..." बाहर कहीं चिड़िया बोली और साथ ही टेलीफोन की घंटी। किशन ने झपट कर फोन उठाया- "कौन? कहां?..." "किशन वीर जी। आपकी माँ...जी गुरुद्वारे से थोड़ा आगे... पीपल के नीचे... जी फौरन पहुंच जाओ... मुझे आगे निकलना है...।"

यह किशन के गांव का लड़का सतवीर था। ट्रक लेकर नूरपुर बेदीयां गया था। रास्ते में एक ढाबे पर उसने भट्टी के पास मुड़ी-तुड़ी पधाणी को चाय के साथ सूखी रोटी चबाते हुए देखा। बीच-बीच में वह सुबकने लगती। सतवीर को देखते ही पहचान गई और उसके पांव पकड़ लिए- "तेरे सदके पुत्त... मैंनू छडया- घर छडया... मैंनू बाट नी लबदी..."।

'किशन दी बीबी' घर लौट आई है। आंगन में आस- पड़ोस के लोग जमा हैं। सबकी नजरें उस पर टिक गई हैं। पधाणी झिड़ककर कहती है-

"मैंनू की तकया कर दे? इथे कोई तमाशा है...जाओ अपणा कम करो..." खाट पर किशन बीबी के पांव सहला रहा है... जानना चाहता है पांच दिनों की व्यथा कथा। आखिर यह बूढ़ी, बेसहारा बेबस जान और युगों लम्बे ये पांच दिन और रात।

वह बिना आंसू बहाए सुबक रही थी और कहानी कह रही थी... हां तो वह चलती रही, चलती रही और एक बेगाने देस पहुंच गईं... 'बाबा डेरे' से जब लौटी तो शहर के बस स्टैंड पर झंडे लिए लोग ही लोग खड़े थे- पुलिस ही पुलिस थी। बहुत सारी बसें रोक रखी थी वहां। सिपाही ने पूछा- माई कहां जा रही है? बीबी बोली 'खड्ड पिंजौर'। मेरे भतीजे दी हट्टी है..' सिपाही ने बीबी को एक बस में बिठा दिया। जहां बस ने उसे उतारा, उसके तो होश गुम हो गए। वह तो पैदल रास्तों से परिचित थी, वहां न तो हट्टी थी न भतीजा। बड़ी- बड़ी शटरवाली दुकानें ही दुकानें थी। या फिर लैंटरों वाले पक्के चौबारे थे। उसने आस- पास लोगों से चरनू का पता पूछा। बेड़ा गरक हो, उन लफंगे लड़कों का। उसे पागल समझकर मसखरी करने लगे ... चरनू? माई, हम तो चरनू नहीं चरनदास को जानते हैं। क्या कहा चरनू? चूरन बेचता है?... और बीबी ने जो आज तक नहीं किया था वह किया। उन पर पत्थर उठा कर मारे।

हां तो वह चलती गई... चलती गई... गहरी शाम पड़ रही थी जब नलके पर पानी भरती एक बहू ने पूछा, "बीबी, किथे जाणा?" वह बोली, "घरा नूं होर किथे?" उस भली औरत ने हाथ पकड़कर उसे रास्ते पर डाल दिया। सत्यानाश! चलते-चलते हार गई। न घर न गवाणी, न गाय न गोहारे। अपने घर के पास तो कितने ही हरयाले पेड़ थे। टाहली थी, आम थे, खैर थे, नीम थे, एक शहतूत भी था कई कुछ था... पर यह क्या हुआ? बीबी घर के पास पहुंचने ही वाली थी कि लगभग दो फर्लांग दूर से ही फिर घूम गई लगा यह तो कोई ओपरी- सी जगह है। सड़क पर इधर- उधर कटे हुए पेड़ पड़े थे। इधर- उधर निगाह दौड़ाई कहीं पीपल थड़ा नजर आए फिर उसके बाद शिवद्वाला, फिर पंडतों का नौण, थोड़ा आगे अपनी छन्न... पर नहीं, वहां तो नज़ारा ही कुछ और था। ट्रक ही ट्रक खड़े थे। कुछ लदा जा रहा था कुछ उतारा। लेने-देने में व्यस्त। बीबी उलटे पांव भागी। अंधेरा हो गया। फिर किसी ने पूछा, "बीबी किथे नूं?" पता नहीं मन में क्या आई बोली, "मढ़ीयां

नूं। आ चल। तू बी जाणा?" बोलने वाले ने सोचा पागल है। छेती पहुंच जा बीबी, कहकर वह हंस पड़ा।

फिर? वह चलती रही, चलती रही। याद नहीं आया उसके बाद तीन दिन- तीन रात वह कहां गई? कहाँ रही?... बस चलती गई। "रोटी कहां खाई?" बीबी की सूखी बावड़ियों जैसी आंखों में पानी की झलक तैर गई। सुबकते हुए दोनों हाथों को फैला दिया। हडियल, खरोंचे खाए हाथ। शायद कहना नहीं चाहती थी कि मांग कर खाई।

एक शाम वह कुछ लड़कों के पीछे चलने लगी। चलते हुए आवाज़ें लगाती चलती थी, "किशना ओ किशना" उस जवान ने पीछे मुड़कर मज़ाक किया "माई वृन्दावन तो ओस पासे है... तू किथे जाणा?" वह बोली, "पुत्त, मैं अजनोली जाणा, मैं घरां नू जाणा..." वह लड़का भला था उसने फिर उसे रास्ते पर डाल दिया। रात हो रही थी। वह सोच रही थी, पाधा जी मद्धम जैसी रोशनी में हुक्का गुड़गुड़ाते हुए दरवाज़े की तरफ देख रहे होंगे... किशना किताब पढ़ रहा होगा... पर यह फिर क्या हुआ? वह फिर कहीं बाट भूल गई। न बूढ़ा बड़ का दरख्त मिला न उसके आगे हनुमान जी... लाल लंगोटी वाले। अपने घर की जगह तीन मंज़िला ऊंचा मकान नजर आया। बड़े-बड़े हांडे वाले लट्टू, रोशनी ही रोशनी। आंखें बंद होने लगीं। यह घर है या किसी का महल? कहां देखा था ऐसा सब कुछ? अपना घर तो शहर से दूर था अपना गांव था, आस-पास खेत थे... यह तो बाज़ार जैसा लग रहा है... बाज़ार यहां कैसे आ गया... और लोगों की सिरचढ़ी देखो इतने ऊंचे चार-चार मंज़िला घर। ये कैलाशों के वासी शिवजी का शिवद्वाला तो जैसे निगल ही गए हैं... और वह फिर दूर से ही मुड़ गई। घबरा कर दौड़ती हुई सड़क पर पहुंची तो बच्चों ने पीछे भागना शुरू कर दिया ...बाजी[4] ओए... बाजी ओए...।

बीबी ने पूरा ज़ोर लगा दिया कि उन्हें अपना नाम बताए, घर का पता बताए, बताए कि वह फलां पाधे की पधाणी है, कि उसका बेटा किशना बड़ा अफसर है... पर कुछ याद नहीं आया। वह सिर्फ कराहती रही..."हाय, मैं की करां...किथे जावां...।"

और इस तरह अजनोली के पाधाजी की पधाणी, 'किशन दी बीबी' .. चार दिन तक हर शाम अपने घर के पास आकर लौटती रही। घर की

पहचान खोकर। क्या वह सचमुच पागल हो गई थी? घर और वहां तक पहुंचाने वाले रास्ते कहां खो गए थे? उसके मन में जो दिशा संकेत थे- पीपल का थड़ा, नौण, शिव मंदिर, छन्न, बूढ़ा बड़, लाल लंगोटी वाले हनुमान जी, मधम- मधम सकुचाई- सी रोशनियां, वह अपनी शीशम, वह आम, वह नीम ... एक- एक से उसका अपनापन था। सब जानते थे पधाणी, 'किशन दी बीबी' को घूमने की लत है- ऐसे ही घूमी है, फिर भी शाम होते- होते, अंधेरा होने से पहले सब उसे घर पहुंचा देते थे... कहां गए वे अपने मित्तर पियारे जो दुनिया ने उसे पागल ही समझ लिया?

शरीके अभी भी आ रहे हैं। एक नजर उस पर डालकर चले जाते हैं। अब तो मानेगा किशन कि उसे धरमपुर छोड़ आना चाहिये।

नहीं। किशन जानता है वह पागल नहीं है। वह एक परिंदा रूह है गुमशुदा- जो अपना घर ढूंढ रही है, वह चार अंगुल ज़मीन जहां उसकी नाल गड़ी हुई है।

---

1. हिमाचल के ऊना जनपद में माँ को बीबी कहा जाता है।
2. पाधा उपाध्याय का बिगड़ा हुआ क्षेत्रीय रूप है। पाधा की पत्नी को पधाणी कहा जाता है। यह ब्राह्मणों के लिये आदर सूचक सम्बोधन है।
3. 'बाबेआं दे' से अभिप्राय ऊना नगर से लगभग पंद्रह किलोमीटर की दूरी पर स्थित बाबा के डेरे से है। यह एक आत्मीय सम्बोधन'
4. ऊना जनपद में 'बाजी' पागल स्त्री और पागल पुरुष को 'बाजा' कहते हैं।

सदा सुहागिन

तीन साल पहले की बात है। मण्डी से शिमला आने वाली बस जब भराड़ीघाट से आगे चली तो कंडक्टर एक औरत से कह रहा था- "चार रुपये और दे... नहीं है तो उतर जा। किराया पूरा नहीं था तो घर से चली क्यों?"

"नहीं है भाई, नहीं है मेरे पास। ले, खुद ही देख ले।" उसने कमीज़ के गले में हाथ डाला और चोली के बीच में से एक गंदे जैसे रूमाल की गांठ निकाल कर सबके सामने खोल दी। उसमें कुल मिलाकर बारह आने थे। कंडक्टर ने उसे डांटकर कहा- "पैसे नहीं है तो उतर जा। बड़ी आई शिमले जाने वाली। कौन है वहां तेरा? घर से भागकर आई है क्या?"

वह चुपचाप खिड़की के बाहर देखती रही। किसी भी सवाल का जवाब देना ज़रूरी नहीं समझा उसने। आस-पास बैठी सवारियां भी अब इस मामले में रूचि लेने लगी थीं। एक-दो और लोगों को जो उसके साथ ही बस में चढ़े थे, टिकट देकर कंडक्टर फिर उसके पास आ खड़ा हुआ- "बोल, निकालती है पैसे या...?"

"अच्छा भाई, जहां तक का किराया है, मुझे वहीं उतार देना" कंडक्टर को शायद विश्वास हो गया कि वह झूठ नहीं कह रही। उसने उसका टिकट काटा। पता नहीं शिमला का या फिर वहां से पहले आने वाली किसी और जगह का। न इसने पूछा न उसने बताया।

कुछ देर बाद मेरे साथ वाली सीट खाली हुई तो वह वहां आकर बैठ गई। अभी तक वह एक बड़े से गांठनुमा बैग पर बैठी हुई थी। बिना पैसों के सफर करने वाली उस औरत में मुझे भी तनिक उत्सुकता जागी। मैंने पूछा- "शिमला किसके पास जा रही हो?"

"हमारे गांव के और भी लोग हैं वहां।"

"तुम्हें उनका पता मालूम है?"

"नहीं। चलते- फिरते टक्कर जाएगा कोई न कोई।"

"पहले शिमला गई हो कभी?"

"ना जी। मैं तो बिलासपुर के अलावा कहीं नहीं गई। सिर्फ एक बार गई थी वहां भी। नलवाड़ देखने।"

"शिमला तो बहुत बड़ा शहर है। बिना ठौर- ठिकाने और बिना पैसे- धेले के तुम कहां जाओगी?"

"जहां विधि माता ले जाएगी... पर गांव नहीं जाऊंगी वापिस उस कसाई से हड्डियां तुड़वाने।"

"शादी- शुदा हो? बाल- बच्चे?"

"सब हैं..." बच्चों के नाम से उसका चेहरा जो अब तक ओढ़ी हुई हठ की चौखट में तना हुआ था, भुर- भुराने लगा।

"सब हैं... पर मेरे किस काम के? जब रहना ही नहीं... उसने ज़ोर से आंखों का पानी पोंछा और पूरी ताकत से मन में उठ रही भावुक कमज़ोरी को पीछे ठेल कर बैठ गई।"

"नाम क्या है तुम्हारा?"

"राम प्यारी।"

मुझे हंसी आई। उस जैसी और भी औरतों का यही नाम होना चाहिये। जो किसी को प्यारी नहीं वह रामप्यारी।

शिमला से कुछ पहले कंडक्टर ने उसे फिर टटोला, "लो, तुम्हारे पैसे पूरे हो गए। उठाओ गठड़ी और उतरो।" इस बार मैं बीच में आ गई। "इसके चार रुपये मैं दे देती हूं, भाई।"

कंडक्टर ने एक गहरी नज़र मुझ पर डाली और आगे निकल गया। शिमला में टनल के पास बस रुकी। मैंने भी अपना सूटकेस संभाला और उतर गई। रामप्यारी ने अपनी गुड़ी- मुड़ी गठड़ी उठाई और उसे बगल में दबा सड़क पर खड़ी होकर इधर- उधर देखने लगी। टैक्सी पर बैठने से पहले मैंने उससे पूछा- "कहां जाओगी अब...?"

"मेरा धर्म भाई गंज बाजार में काम करता है। करयाने की दुकान है कोई। ...अच्छा बीबी, आप चलो। अंधेरा होने वाला है।"

मैंने सोचा मुझे लेकर यह अंधेरे से डर रही है। अपने बारे में क्यों नहीं

सोचती? बिल्कुल अनजान शहर में ढलती शाम धर्म भाई को ढूंढने निकलेगी। खैर... कितने ही लोग आजतक गांव से शहर में आकर इसी तरह कोई ठिकाना तलाशते भटके होगे। उनमें रामप्यारी भी एक है। अपने अतीत से दूर भागने के लिए विवश लोग भविष्य की तलाश में इसी तरह कहीं किसी जगह वर्तमान के दरवाज़े पर थके- हारे, धूल भरे दुःखते पांवों बगल में गठड़ी दबाए दस्तकें देते खड़े होंगे।

मैं किसके लिए क्या कर सकती हूं? सबको घर तो नहीं ले जा सकती। हां, क्षण भर के लिए मैं कुछ उदार हो जाती हूं। रामप्यारी को अपना कार्ड देते हुए कहती हूं..."यह रख लो, कभी ज़रूरत पड़े तो...।"

वह परेशान-सी मेरी तरफ देखती है। मुझे अपनी गलती समझ में आती है। उसने ऐसा कार्ड पहले नहीं देखा। सोचती होगी कौन- सी ज़रूरत पूरी करेगा यह गत्ते का टुकड़ा?

"इस पर मेरा नाम- पता लिखा है..." ओफ! यह पढ़ भी तो नहीं पाएगी। वह मेरी दुविधा समझ गई।

"ठीक है जी। किसी से पढ़वा लूंगी।"

निपट देहाती, अनपढ़, मध्यवय औरत अपना भविष्य तलाशने सड़क पर खड़ी है। गांठ में बंधी है कुल मिलाकर बारह आने की रेज़गारी। मैंने बारीक पारखी नज़र से उसे देखा। कई बार धुल चुकी घिसी हुई बदरंग कमीज़ जैसी हंडाई हुई देह। यही कुछ था रामप्यारी के पास और इसी के साथ वह गंज बाज़ार की चढ़ाई चढ़ रही थी।

लगभग दो साल बाद हम अपने नए घर में रहने आए और मैं अपनी नई पड़ोसिन को मिलने गई। नए घर की खूबियां और कमियां बयान करते हुए पड़ोसिन ने आवाज़ लगाई..."रमा... चाय ले आओ।"

रमा आई, ट्रे में चाय लिए। मुझे देखकर एक पल के लिए रुकी। मैंने आंखें धीरे से बंद करके मुस्कुरा दिया। वह संकेत समझ गई और चाय रखकर चली गई। मेरी पड़ोसिन ने विषय बदला और कहने लगी- "बड़ी बदकिस्मत है बेचारी। पति ने छोड़ दिया है। दो बेटे हैं, एक बेटी। कहती है बहुत मार- पीट करता था। किसी दूसरी औरत को ले आया है। चलो आदमी को छोड़कर कोई रह भी ले पर बच्चों को छोड़कर रह पाना कितना कठिन है। खैर, काम अच्छा करती है। थोड़ी सुस्त है। सब सीखाना पड़ता है।

दिमाग बहुत खपाती है।"

"क्या दे रहे हैं इसे?"

"सात सौ रुपये महीना- खाना कपड़ा तो चलता ही है। सारा ही काम करती है। मैं तो अब थक जाती हूं। गर्मियों में या फिर कभी- कभार आना हुआ करेगा। दिल्ली छूटती भी तो नहीं। हां, नीचे बेसमेंट में रह लेगी। शिमला में सिर के ऊपर छत हो तो और क्या चाहिए? फिर जब हम नहीं होंगे तो हमारी गैर- हाज़िरी में कहीं और भी काम ले सकती है।"

मैंने मन ही मन रमा की मौजूदा हैसियत का हिसाब लगाया।

कोई चार- छह दिन बाद वह हमारे घर आई। पड़ोसी दिल्ली जा चुके थे। एक मुड़े- तुड़े कागज़ पर कोई टेलीफोन नम्बर लिखा था।

"जी, यह गांव का नम्बर मिला दो, मां का हाल पूछना है। शायद उसे विश्वास था कि मैं मना नहीं करूंगी। मैंने नंबर मिलाया। दूसरी तरफ कोई पुरुष स्वर था।"

"लीजिए रमा से बात करें।"

"रमा? रमा कौन जी? मैं किसी रमा को नहीं जानता।"

रमा ने रिसीवर मेरे हाथ से लगभग छीन लिया।

"भाई, मैं बोल रही हूं... रामप्यारी!"

"......." "हां भाई। यहां लोग मुझे रमा ही कहते हैं। बोलते कि रामप्यारी शहरी नाम नहीं है।"

"क्या करूं भाई। सब कुछ ही बदल गया है तो नाम भी बदल गया है। वैसे मैं ठीक हूं। राजी हूं। आप लोग राजी हैं? चलो, राजी चाहिए सब। मेरी आमा का ध्यान रखना। फरूट देना खाने को...चिंता नहीं करना...अच्छा ... नमस्ते।"

इस बिल्डिंग के ऊपर वाले तल पर मैं रहती हूं और नीचे बेसमेंट में रामप्यारी उर्फ रमा। रामप्यारी की केंचुल में से इस औरत की रमा रूप में अवतरण की सतत प्रक्रिया महत्वपूर्ण है और रोचक भी। हिन्दी साहित्य के पाठकों ने 'मुझे चांद चाहिए' में शाहजहानपुर की सिलबिल के नए अवतार की कहानी पढ़ी है। परन्तु कितने ही आंगनों में कितने ही मन अपने- अपने आकाश और अपने- अपने चांद ढूंढ रहे हैं, इसका लेखा- जोखा समय- समय पर मेरे जैसे और भी कई लोग लिखेंगे। क्योंकि इस देश की कितनी

ही बसों और कितनी ही रेलगाड़ियों में से हर रोज़ कितनी ही जगहों पर कितने ही लोग बगल में गठड़ी उठाए उतरेंगे और कितने ही बाज़ारों में किसी धुंधले से पते को पूछते हुए निकल पड़ेंगे।

यह शिमला में ठंड की बहार है। शहर सैलानियों से खचाखच भरा है। नए साल की नई सुबह मुझे इंतज़ार है कोई आकर 'नया साल मुबारक' कहे। मैं बालकनी में आकर नीचे झांकती हूं। रमा लकड़ी की चौकी पर बैठी झांवें से पांव रगड़ रही है। उसकी गोरी पिंडलियों पर गिल्ट की पंजेब चमक रही है जिसे वह शकुंतला चेन कहती है। आज मेरे मन में 'शकुंतला' नाम से केवल परित्यक्ता नायिका का चित्र उभरता है। परन्तु मेरी इस कहानी की नायिका ने परित्यक्ता के रूप को एक नई परिभाषा दे दी है। मैं ऊपर से आवाज़ देती हूं-

"रमा, ऊपर आना ज़रा।"

"जी अभी आती हूं तैयार होकर।"

नई साल की सुबह और कोई नहीं तो रमा ही सही। नाश्ता करते हुए कुछ गप- शप हो जाएगी। नहीं तो सारा साल ऐसे ही अकेले डबल रोटी कुतरते हुए गुज़रेगा। पर मेरा उत्साह ठंडा होने लगता है। एक घंटा तो हो गया। वह नहीं आई। मुझे बुलाना ही नहीं चाहिए था। जब देखो तैयार हुए बिना बाहर पांव नहीं रख सकती। पता नहीं कौन से अभिसार पर निकलना होता है जो इतने कसीदे काढ़ती रहती है।

उसके आने पर मैं दरवाज़ा खोलने गई तो भरसक गुस्से से घूरकर नाराज़गी जतानी चाही।

"यार... नाराज़ नहीं होते। आज नया साल है।"

यार...? यह मुझसे कह रही है? इसकी इतनी हिम्मत कैसे हुई? समझाऊं भी तो कैसे कि एक सम्मानजनक दूरी कितनी ज़रूरी है कि उससे भले कितना ही सद्भाव रखूं, मैं उसकी दोस्त नहीं हो सकती। हम किसी भी तरह बराबर नहीं हैं। यह तो शुक्र है कि इस समय हम दो ही यहां हैं। कोई और होता तो कैसा लगता। कुछ देर मन ही मन तिलमिलाती हूं फिर उसकी ओर देखती हूं। गुस्सा धीरे- धीरे ठण्डा होने लगता है। मेरे सामने यहां खड़ी है श्रीमती रमा देवी या कहें नमहोल गांव की छोटी- मोटी अवकाश प्राप्त रम्भा। खूब गहरी गुलाबी लिपिस्टिक। माथे पर चिपकाने वाली रंग- बिरंगी

सुनहरी टिकुली। चेहरे पर सस्ते कॉम्पेक्ट की पर्तें। नकली बालों से गूंथी कमर से नीचे लटकती चोटी। आधी से अधिक मांग तक भरा हुआ लाल दहकता सिंदूर। दोनों हाथों में कम से कम दर्जन- दर्जन चूड़ियां। दो- दो उंगलियों में सस्ती अंगूठियां। कानों में चांदी के झुमके। बालों में क्लिप। काले रंग का नून का दुपट्टा जिसके किनारों पर चमकती पांखुड़ियां लटक रही हैं। मुझे याद है यह दुपट्टा जिसे मेरी बेटी मेरी मां के ट्रंक से निकाल लाई थी और जिसे पहनकर पचास के दशक की किसी अभिनेत्री की तर्ज़ पर वह मटक- मटक कर घूंघटा उठाती- गिराती थी...मोहे पनघट पर नंदलाल छेड़ गयो रे... बेटी तो ससुराल जा चुकी थी और दुपट्टा रमा के सीने पर हुलारे ले रहा था। ऊंची एड़ी की मेरी पुरानी सैंडिल भी उसने खूब चमका ली थी और शनील के सूट को भी अपने हिसाब से ठीक- ठाक कर लिया था। रमा को सजने- धजने का इतना शौक है कि वे सारी चीज़ें जिन्हें आप भड़कीला मान कर किनारे रख देंगे, उन्हें पहनकर वह किसी सोलह साल की लड़की की तरह हुलसने लगेगी। सोचती हूं कैसे और कहां दबाकर रखे होंगे ये सारे चाव?

मैंने दो पल उसे देखा फिर कुछ चुहल में कहा...

"वाह- वाह... चश्मे- बद्दूर... कहां चला कल्हूरनी का डोला?"

"क्यों बीबु, अच्छी नहीं लग रही?"

मेरे साथ अपने विशेष अपनापे को जताने के लिए वह मुझे 'बीबु' कहती है। जिनका काम करती है उन्हें बीबीजी। मुझसे अपनापन है तो 'बीबुजी।'

"ना- ना बहुत अच्छी लग रही हो...पर तैयारी कहां की है?"

"अभी तो आप ने बुलाया है। बताओ क्या करना है?"

"बालों में तेल लगा दूं? आपने कुछ खाया? कुछ बना दूं?"

"जल्दी बताओ। फिर काम पर भी जाना है। शाम को जाऊंगी कालीबाड़ी। बीबुजी, शाम को जाना चाहिए मंदिर। उस वक्त सारे देवता इकट्ठे होते हैं। बहुत अच्छा लगता है। मेरे गांव की भी दो- तीन औरतें मिल जाती हैं।"

मैं उसे रसोई में ले जाते हुए कहती हूं- "ले रमा, मक्की की रोटी बना। मुझसे अच्छी नहीं बनती।" वह रोटी बनाती है। पतली- पतली, फूली- फूली

सुनहरी रोटियां। फिर कहती है- "मैं दो मिनट में आई। साग पड़ा है। ले आती हूं। आप भी खा लेना।"

जब पंद्रह मिनट बाद आई तो हाथ में साग की कटोरी थी और मुंह में बीड़ी की दुर्गन्ध। हां, तो सुट्टा लगाकर आई थी। ऐसे ही तलब उठती है उसे। पता नहीं मैं क्यों उसे टोकना नहीं चाहती। गांव से यह जो इल्लत साथ लाई है यह उस ज़िन्दगी की निशानी है। नाम तो छूटा पर आदतें? "बुल्लेया आदतां कदे नई जांदियां"... मैं बुदबुदाते हुए थाली- कटोरी निकालती हूं।

"आज तो सचमुच बड़ी फब रही है रमा... किसी ने नमहोल खबर कर दी तो...।"

"तो क्या बीबुजी... रमा क्या किसी से डरती है... डरे वो जो हराम का खाए। सारी उमर तो हर चीज़ के लिए तरसी। कपड़ा लाकर नहीं देता था, कमीना। मैं बोलती थी- "तेरे सदके, चिट्टा खद्दर ही ला दे। रंग कर पहन लूंगी।" पर ना। हर चीज़ के लिए तरसाया नास पिट्टे ने। बीबु, बड़ी कठिन है गांव की ज़िन्दगी। जमींदारा करते- करते हाड भी घिस गए मेरे। काम ही काम।

जब देखो तब काम। और खाणे को? वही दो टिक्कड़। चल, वह भी किया। कोई दो बोल प्यार से तो बोले। बईमान साला ऊपर से सौकण ले आया। वह भी अपने ही रिश्ते में बहू। न शरम न लाज। जो बोलूं तो मार खाऊं। बांझ- बंजर होती तो भी सहती। तीन- तीन बच्चे जने उसके। बच्चे भी मेरे बेमुख कर दिए। फिर चढ़ी मेरे को झल्ल। एक दिन ग्वाणी में बंद कर दिया मेरे को। और खुद ओबरे में उसी कमजात बहू के साथ। फिर मैंने न देखा आव न ताव। छोड़कर चली आई। जब से आई हूं, बहुत सुखी हूं, बीबुजी। चार डंग खाती हूं। चार- पांच बार चाय पीती हूं। सब्जी- फरूट सब मिलता है खाने को। किसने देखे थे ये नमकीन और बिस्कुट? बीबु जी कोई कमी नहीं है। आज गिने मैंने तेरह सूट हैं मेरे पास नए- पुराने मिलाकर। तीन- चार जोड़े जूते- चप्पल। स्वेटर नहीं देखा था कभी। अब चार तो स्वेटर हैं। दो शॉल। आपने गरम कोट भी दे दिया। लोअर बाजार में जहां काम करती थी उस बीबी ने जैकेट दिया है बहुत बढ़िया। क्या बताऊं- दातुन तक लाकर नहीं देता था। मेरे तो दांत तक सड़ गए थे। ये वाले तो यहां आकर लगवाए हैं नकली। अब तो बुरश करती हूं आप सबकी तरह। मां ने चांदी

के दो- चार गहने गट्टे दिए थे, वह भी खिसका लिए, जटुजड़े ने।

"चल रमा, छोड़ अब। जो बीता सो बीत गया। अब दिन फिरे हैं तेरे तो ऐश कर।"

मैंने उसके धारा- प्रवाह वृत्तांत में विराम देना चाहा। परन्तु वह अपने सौभाग्य पर ऐसी निहाल हो रही थी कि कहीं रुकना ही नहीं चाहती थी।

"...बीबुजी, जब मैं भाणजे की शादी पर गांव गई ना तो क्या बताऊं, भाभियां तो मेरी जल मरी। सफेद सूट लगाया मैंने। लाल सैंडल। ठक- ठक करती बस से उतरी और पर्स झुलाकर चल पड़ी। पीछे से खुसर- पुसर करते रहे लोग। ...ओए, देखो परसे की घरवाली। देखो तो सही क्या तेवर है। सुना है शिमले में नौकरी करती है। पता नहीं कोई रख ही लिया होगा... पर सुना है अकेली ही रहती है। किसी को नहीं मानती। देखो, कैसा हुलिया बदल गया। और मुआ परसा वही दलिद्दर भोग रहा है। जो लाया था नई, वह अधरंग की मारी अपने भाग को रोती है। पहले ही जापे में सूतक वायु ने घेर लिया। बीबुजी...यहीं हो जाते हैं सारे फैसले। इसी जन्म में।"

"रमा, तेरा घरवाला नहीं मिला तुझे?"

"नहीं बीबु, उसके सामने नहीं पड़ती मैं। डर लगता है अभी भी। क्या पता मेरा झाटा पकड़ कर बोले कि चल घर...कोई तलाक थोड़े ही हुआ है हमारा। चाहे मेरी टांग तोड़े चाहे मेरे आगे हाथ जोड़े। अब नहीं जाऊंगी मैं। सच पूछो तो बीबुजी, आदतें बिगड़ गई हैं मेरी। साफ- सुथरा खाना- पीना, साफ- सुथरे नरम बिस्तरे में चैन से सोना... ढंग का पहनना- ओढ़ना। नहीं तो वही था आधी रात तक दारू। फिर गाली- गलौच और जानवरों वाली हरकतें। मैं तो स्वर्ग भोग रही हूं यहां। बीबुजी, देखो चाहे मैं सुबह आठ बजे तक सोऊं, चाहे रात के दस बजे कमरे में आऊं। कोई पूछने वाला नहीं। न बाप, न बेटा न खसम। किसी की गुलामी नहीं करनी। अपनी मरज़ी की मालिक आप। इससे बड़ा सुख और क्या होता है, बीबुजी?"

"तुझे बच्चों की याद नहीं आती?"

"आती है बीबुजी, आती है। हौल पड़ जाता है पेट में। शुरू में तो रातों को नींद नहीं आती थी। कई दिन रोई उनके लिए। फिर सोचा कि मना, जब वे बेरहम तुझे मानते नहीं, पूछते नहीं तो तू क्यों कलपती है। तू क्या देगी उन्हें? जहां हैं, रहने दे। जैसे जिसके भाग। अब नहीं रोती मैं। पत्थर कर

लिया है कलेजा।"

फिर सुना रामप्यारी तीन दिन से अपने कमरे में बंद है। न खाती है, न पीती है। बात करो तो बच्चों की तरह बिसूरने लगती है। पूछो तो रोने लगती है। मैं उसके लिये खाना लेकर गई तो हिलक- हिलक कर रोने लगी। बहुत पूछा- "रमा, बता तो सही क्या दुःख है तुम्हें? बता तो सही।"

"पता नहीं बीबु, मुझे खुद समझ नहीं आ रहा। पर ऐसा लगता है गोबर के गोहटु की तरह धुआंख रहा है कलेजा मेरा। अब नहीं बचूंगी मैं।"

मैं लाचार- सी देखती रही। समझ नहीं आया कैसे धीरज दूं इसे। पता भी तो नहीं ऐसा क्या हुआ है।

"बता रमा, बता क्या बात है? कहकर दिल हल्का कर।"

"कुछ नहीं बीबु, यह शिमले का दुःख नहीं है। बिलासपुर से आया है यह दुःख। बस, दो- चार दिन की बात और है। फिर ठीक हो जाऊंगी। पर अभी क्या करूं?"

धीरे- धीरे रमा ने अपने मन की परतें खोलीं। उसकी बेटी की शादी होने जा रही थी। वह चाहती थी बेटी से मिलना, उसे गले लगाकर विदा देना। परन्तु उसे किसी ने नहीं बुलाया। किसी के हाथ बेटी के लिये शगुन भेजा बिछुए और कलीरे। बेटी ने छुए तक नहीं। कहला दिया- "जो मां अपने सुख के लिए बच्चों को छोड़ गई उसका तो छुआ पानी तक नहीं पीऊंगी।"

रमा तड़प रही है। कुलजा भगवती की पूजा नहीं करवाएगी तो देवी का प्रकोप झेलेगी। इस लोक में भी परलोक में भी। क्या करे? आज उसे कुछ समझ नहीं आ रहा। घर से भाग कर पति से तो बदला ले लिया पर बच्चे? बच्चों की अपराधी है वह। बेटी को विदा नहीं किया। उसका ऋण कैसे उतारेगी? पाप की भागिन बनेगी। कुलजा देवी का शाप पड़ेगा। रामप्यारी चार- दिन, चार- रात ऐसे ही तड़पी फिर धीरे- धीरे शांत हो गई। उधर बेटी विदा हुई इधर देवी ने अपनी कोप दृष्टि फेर ली।

बिलासपुर के नमहोल गांव से आया दारुण दुःख वहीं लौट गया। अगले दिन मैं उसके कमरे में हाल पूछने नीचे उतरी। वहां रंग- बिरंगी कतरनों का ढेर पड़ा था। मैंने पूछा- "यह क्या कर रही हो रमा?"

"बीबुजी, छोटा- सा खंदोलु बना रही हूं। कभी मेरी बेटी अपना बच्चा लेकर आई तो मैं बिछावन क्या दूंगी?"

मैंने कमरे में नज़र दौड़ाई। रमा के हाथों ने मेरे घर की कई फालतू चीज़ों को नया रूप दे दिया था। घर बसाने की कैसी अदम्य प्रवृत्ति है औरत में। पति के बिना चल रहा था पर अपने घर से उजड़ी तिनका- तिनका यह नया घर बना रही थी रमा। किसी महीने थाली, किसी महीने कटोरी। कभी चद्दर कभी तकिया। कभी आए- गए के लिए बैठने के मूढ़े। थोड़ा- सा कुछ स्थिर हुआ तो अनचाही नज़रों से बचने के लिए पर्दे। इज्ज़तदार गृहस्थ की निशानी खिड़की पर पर्दे। अब वह साधारण नौकरानी नहीं, निचले तले में बसे डेरे की मालकिन है।

मैं उसकी हिम्मत और निडरता का आदर करती हूं। परन्तु वह कभी- कभी कच्ची उमर की लड़कियों की तरह बखान करती है- रास्ते में किसने क्या बोली कसी- कौन पीछे- पीछे आया, किसने आगे से आकर घेर लिया- किसने ऐसी- वैसी समझ लेने की गलती की, और भी न जाने क्या- क्या पनघट- पुराण। जब वह यह सब सुनाते हुए शरमाती- लजाती है तो मुझे गुस्सा आने लगता है। क्या ज़रूरत है रात गए घर लौटने की? क्या ज़रूरत है हर समय बन- ठन कर निकलने की? ऐसे अनुदार क्षणों में मैं सोचती हूं- क्या पता? किसी का क्या भरोसा? फिर किसी दिन वह फरियाद लेकर आती है- "बीबुजी, रात को कोई दरवाज़ा पीट रहा था।" या कोई खंगूरे भर रहा था या बाहर खुसर- पुसर कर रहा था। कभी तो परछाई से भी डरने का अभिनय करती है वह- या शायद सचमुच डरती है और कभी मुझसे कहती है- "बीबुजी, डरना नहीं। कमरे में डंडा रख कर सोया करो। सिरहाने चाकू रखा करो। कभी कोई बात हो तो पहले आने वाले की मुंडी हलाक। फिर बेशक कुछ भी हो।"

उसी ने बताया कि उसने दरवाज़े में बिजली की नंगी तार फंसा रखी है। जिसने भी दरवाज़ा छुआ वही धड़ाम से गिरेगा और राम- नाम- सत। मैं सोचती हूं धन्य हो तुम सीता माई। भले ही अंग- संग रामचन्द्र नहीं हैं तुम्हारे और दुनिया में रावण भी एक नहीं अनेक हैं। परन्तु तुम्हारी अपनी ही खींची लक्ष्मण रेखाएं कौन- सी कम दाहक हैं? तुम उनमें स्वयं सुरक्षित हो।

रमा कभी- कभी अपने पैसे मेरे पास रख जाती है। आज पांच सौ रखे, कल से मांगना शुरू। "क्या करूं बीबु, खर्चा खत्म हो गया।" मैं सख्ती से पूछती हूं- "सौ रुपये जो कल लिए थे, उनका क्या हुआ?"

"बीबु, रमा अब नुहारी नहीं खाती, नाश्ता करती है। यानि बासी रोटी नहीं। ब्रैड और बिस्कुट। हां तो पंद्रह रुपये के बिस्कुट लाई, दस रुपये के रस, दस रुपये का बटुआ, दस रुपये की चूड़ियां..."

"चूड़ियां? इनके बिना तेरी जान जा रही थी क्या?"

"हाथ नंगे- नंगे लग रहे थे, बीबुजी। एक बात बताऊं? जब मेरा घरवाला मरेगा ना, मैं तब भी चूड़ियां नहीं उतारूंगी। उतारे वह रांड सतवंती..."

"क्यों नहीं उतारेगी? उसके नाम का सिंदूर क्यों लगाती है?"

"उसके नाम का क्यों? यह तो ब्याहता का रूप- सिंगार है।... और चूड़ियां? ये क्या उसने लाकर दी हैं? मैंने खुद पहनी हैं, अपने पैसों की। उसके लिए क्यों उतारूंगी?"

"यदि तू उससे पहले मर गई तो?"

वह थोड़ी देर सचमुच सोच में पड़ गई।

"मैं सारी तैयारी करके रखूंगी, बीबुजी। आप मेरा एक काम ज़रूर कर देना।"

"क्या?"

"मुझे अच्छी तरह फूंक- फांक देना। मैं प्रेत योनि से बहुत डरती हूं।"

आज रमा तमतमाती हुई आई। ये बड़े घरों के लोग खुद को समझते क्या हैं? उस वकीलनी को देखो। बड़ा रोब झाड़ रही थी। उस दिन वकील साहब दोपहर को ही घर आ गए। रमा घर में अकेली थी। उनके तो तेवर ही बदल गए। हर रोज़ वाला खुर्रांट चेहरा काले कोट के साथ उतारकर रख दिया और कुछ ज्यादा ही मेहरबान हो गए। बोले, "रमा, सिर में दर्द है। ज़रा सी बाम मल दे।" मन में सोचा- "मलूंगी बाम। खूब अच्छी तर मल दूंगी। ज़रा आने दो वकीलनी को।" सोचा अब यहां काम नहीं करूंगी। खुद तो आपस में कुत्ते- बिल्ली जैसा वैर। घर में एक- दूसरे की परछाई से बचते हैं और घर के बाहर परछाई की तरह चिपके रहते हैं। कुछ ऐसा- वैसा हुआ तो कसूर मढ़ देंगे मुझ गरीब पर और खुद नल- दमयंती की जोड़ी सदा सलामत नज़र आएगी। वकीलनी आई तो सब सुना दिया। कह दिया- "बीबीजी, अपने साहब की सेहत का ध्यान रखा करो। सिर दर्द की दवाई करो। मुझ पर बिगड़ने का कोई मतलब नहीं। हम दोनों के भाग बराबर। तुम उसकी नौकर-

मैं तेरी नौकर। हां, मर्दों को लेकर क्या गरूर करना। तेरा घर वाला भी बदनीयत मेरा घरवाला भी। कायदे से हम दोनों की एक जैसी किस्मत लिखी है विधिमाता ने। बीबु, बड़ा तरस आया वकीलनी पर। कम से कम मैं अपनी मालिक आप हूं...और वह बेचारी? मान- मरजाद में बंधी, रोटी कपड़े के लिए मुहताज।"

तीन साल पहले जो रामप्यारी मुझे बस में मिली थी और आज की रमा देवी जो इस घर के निचले तले में रहती है- उसके नमहोल संस्करण का पूर्णतः परिवर्तित और परिवर्धित शिमला संस्करण है। नई जिल्द और नए प्रिंट में। इन तीन सालों में वह शिमला के तथाकथित जल में मछली की तरह तैरना सीख गई है। शहर के चप्पे- चप्पे से वाकिफ है वह। लगभग दस घरों में काम कर चुकी है। पार्टी के क्या चलन होते हैं, मठी बनाने में कितना मोयन डलेगा, गाजर के हलुए में कितना मावा पड़ेगा, केक बिना अण्डे के कुछ जमता नहीं... ये सब बातें रमा जान गई है। अब गांव जाती भी है तो दो- चार दिनों में लौट आती है। मन नहीं लगता। ऊपर से गरमी, मच्छर और गोबर- गोमूत की गंध।

आजकल रमा को अपने से अधिक दूसरों के काम आने की चिंता रहती है। आस- पास के इलाके में किसके घर में कामवाली की ज़रूरत है- किसे कहां फिट करवाना है और कितने पैसों में- ये छोटे- मोटे काम सबने उसको सौंप रखे हैं। कभी- कभी कोई औरत मेरी कॉलबेल दबा देती है... "जी, रमा दीदी यहीं रहती है क्या? काम दिलवाने के लिए कहा था।"

रमा बेझिझक मेरा फोन इस्तेमाल कर लेती है। कई जगह मेरा नम्बर दे देती है। मैं मना भी नहीं कर पाती। इसके बदले में वह मुझे उस समय अपना साथ देती है जब मैं अकेली और उदास होती हूं। या जब बच्चों की याद सताती है। तब वह लगभग रटती रहती है..."ना भाई, उदास नहीं होना- उदास कभी नहीं होना। मुझे देखो, मैं भी तो अकेले रहती हूं। आपके पास तो टी.वी. भी है। किताबें भी पढ़ सकती हो, फिर उदास क्यों होना? बस राजी रहना चाहिए, ज़िन्दगी चाहिये सही- सलामत। सब कुछ हो जाता है बीबु, उदास नहीं होना बस। लाओ... मैं पैरों में मालिश कर दूं...।"

मुझे पता चला है रमा को लोग अब दाई का काम भी देने लगे हैं। मना करते- करते मैं पांव आगे कर देती हूं और मालिश करते- करते वह मेरी

हमराज़ बन जाती है। जाने से पहले अक्सर कहती है- "बीबु, गांव का नम्बर मिला दो। एक संदेशा देना था।" टेलीफोन करना उसे अच्छा लगता है।

"भाई...जगतपाल को भेज दो। मैंने पंद्रह सौ रुपये महीने पर बात कर ली है। डराइवरी करेगा तो पच्चीस सौ भी मिल जाएंगे।"

"भाई... शीलो को कहना श्याम को भेज दे। होटल में लगवा दूंगी...।"

मैं टोकती हूं- "रमा, तू अपना फिक्र कर... सारे गांव की तुझे ही चिंता है क्या?"

"बीबुजी, जो अपना ही सोचते हैं वे राक्षस होते हैं। चार पैसे कमा लेंगे लड़के। निठल्ले घूमते हैं वहां भी। ताश खेल ली या फिर इधर- उधर पंगेबाज़ी कर ली। ज़मीन का काम करते तो शर्म लगती है। स्कूल जो पढ़ आए हैं दो चार जमातें।

रमा निपट अनपढ़ है- अंगूठा छाप। मैं कई बार कहती हूं- "आ तुझे लिखना सीखा दूं। कम से कम दस्तख्त तो करना सीख।"

"बीबु, पढ़कर क्या करना? मेरा घरवाला पढ़ा है आठ जमात। देख ली उसकी करतूत?"

रमा बताने आई कि उसका वोट बनवा दिया लोगों ने। अब दुविधा है। कमल फूल वाले भी कसम दे गए हैं और हाथ वालों ने तो पांवों को हाथ लगा दिए। मुझ से सलाह मांगती है तो मैं उसका मन टोहने के लिए कहती हूं..."तू जिस पर भी मोहर लगाना रमा, मैं तो हाथी पर लगाऊंगी।"

"बीबुजी, हाथी का क्या काम है पहाड़ों में? खच्चर होता तो भी माना, बच्चे रिज पर घूम लेते। कमल फूल पूजा के काम आएगा। पर पूजा भी तब ना जब घर- बार होगा, रोटी- दाणे का सिलसिला चलेगा। बीबुजी, सोचो भला, जो हाथ नहीं हुए तो रमा कैसे कमाएगी, कैसे खाएगी?"

हर सवाल का जवाब है उसके पास। हां, कभी- कभी जब दिल्ली वाले अंग्रेज़ी बोलते हैं तो मुश्किल में पड़ जाती है। वे लोग उमर में बड़े हैं ... आसरा दिया है उन्होंने। इसीलिए रमा उन्हें माई- बाप मानती है। पिताजी ज्यादा बात नहीं करते। बोलते हैं- "रमा, तेरी बोली समझ नहीं आती।" "आएगी, आएगी- कभी तो आएगी।" रमा मन में सोचती है। इस बार पिताजी अकेले ही आए। माताजी को बरसात का मौसम बुरा बैठता है।

जोड़ों के दर्द बढ़ जाते हैं। कल शाम मेहमान आए। इतने बड़े- बड़े गिलासों में सबने शराब पी। औरतों ने भी। रमा कहती है- "बीबु, मैंने तो सोडा लाकर रख दिया। अच्छा ही है। मुझे चाय बनानी नहीं पड़ी। पर जब सब चले गए तो पिताजी की तबीयत बिगड़ गई। कभी लेटें, कभी कमरे में चक्कर लगाएं। फिर सोफे पर ही लुढ़क से गए। पांव देखे- बिल्कुल ठंडे। मालिश की। अच्छी तरह से हाथ- पांव मले। तब कुछ तपिश आई। मैं हाथ पकड़ कर बिस्तर तक ले आई। चाय बनाकर ले गई तो बोले- "रमा, तू भी यहीं बैठकर पी ले।" मैंने कहा- "पिता जी, अब तो आई रमा की बोली समझ...?" बड़े आए बोलियां बोलने वाले।

रमा को आज फिर बेटी की याद आ रही है। बार- बार आंखें भर आ रही हैं। कल करवाचौथ है। पहाड़ी गांवों में यह त्यौहार इस तरह नहीं मनाते जैसे यहां मनाया जा रहा है। पर रमा का बहुत मन है कि वह अपनी बेटी को बुलाती। उसके लिए सुहाग की सारी चीज़ें जुटाती। खैर...रमा ने तो मुझे चौंका ही दिया। उसने व्रत रखा। सुहाग थाली लेकर आई। उसी तरह सज-धज कर। मुझसे पूछने लगी- "बीबुजी, यह किसको दूं?"

मैंने कहा- "अपनी सास के लिए रख ले।"

"न, न, न... उसका नाम न लो। उसने तो मुझे बहुत सताया है। ऐसा लाल जना...जाने दो। आज गाली नहीं दूंगी...।"

"तो फिर अपने पास ही रख।"

"क्यों बीबुजी, आपको दूंगी। आपसे आगे अपना कौन है मेरा?"

"आप किसको देंगी? आपकी तो सास है नहीं?"

"रमा... मैं यह थाली तुझे दूंगी... तू ही तो है जो रहेगी सदा-सुहागिन।"

सर्वे सन्तु निरामयाः

"हां, तो आज का बोधवचन यह हुआ कि हर दुःख पहले सुख के रूप में ही आता है...मछली आटे की गंध पाकर कांटे को ही निगलने लगती है। उसे क्या पता कि यह आटा उसका आहार नहीं, काल बनेगा। यह तो तब पता चलता है जब फांस गले में चुभ जाती है..." सत्संग कक्ष में साध्वी अलकनन्दा का धारा प्रवाह प्रवचन सहसा रुक जाता है।...

"अबे माणिक! ज़रा देना एक अधिया और एक पाव मछली..." तानपूरे के सात्विक स्वरों को नोचते हुए तंग गली के उस पार से आते हुए ये तामसी संवाद अलकनन्दा के मस्तिष्क पर बार- बार झपटते हैं। वह बीच-बीच में कुछ असंयत हो जाती हैं। फिर कोशिश करके प्रवचन जारी रखती हैं- "सुख एक मृगतृष्णा है, एक भ्रम है। मनुष्य उसके पीछे भटक- भटक कर थक जाता है। अंत में हाथ आती है केवल पीड़ा... ।"

"अरे जल्दी कर माणिक... क्या सोच रहा है? तुझे तो मछली तलकर ही रोटी मिलेगी यार। उनकी तरह भक्ति करने लगेगा तो बाल- बच्चे रोएंगे तेरी जान को। बढ़िया धंधा है तेरी पड़ोसिन का। फोकट में लोक भी सुधर गया परलोक भी। सुसरा ऊपर वाला भी सूरत देखकर कृपा करता है।"

साध्वी अलकनन्दा का तेजोद्दीप्त मुखमण्डल विवर्ण होने लगता है। स्वयं को संयत रखने का भरसक प्रयास करती हुई वे फिर कहने लगती है... "यह शरीर तो मरणधर्मा है। हम इसे ही सत्य मान लेते हैं जबकि ...जबकि..."

"रेशमा जवान हो गई...हो...रेशमा..."

"ॐ शिव-शिव..." वे हवा के झोंकों पर लदी आ रही इस मांसल लय को परे ठेलते हुए आसन से उठ खड़ी होती हैं...हाथ में आरती की थाली

लेकर उसे तेज़ी से मूर्ति के आगे गोल- गोल घुमाने लगती हैं। झिलमिल करते दीपक जब ऊपर- नीचे उतरने लगते हैं तो एक आवाज़ फिर भीतर घुस आती है। माणिक ने बेसन में लिपटे मछली के टुकड़े गर्म तेल की कढ़ाही में छोड़े हैं। सिल्वर कार्प भुनकर सुनहरी हो रही है। उनका हाथ कांप उठता है। आरती की थाली गिरते- गिरते बचती है। उनकी सहायिका बहिन आनन्दी सतर्क होकर थाली सम्भाल लेती है।

वह प्रभु प्रेमी जनों को सम्बोधित करके कहती है- "साध्वी जी कुछ अस्वस्थ हैं। विशेष पूजा आरती में उपस्थित नहीं रह पाएंगी। इसीलिए सामान्य आरती के बाद हम सब विसर्जित हो जाएंगे। विशेष पूजा कल के लिए स्थगित की जाती है। जय श्रीराम।"

पच्चीस- तीस वृद्ध और अधेड़ लोगों की सभा विसर्जित हो जाती है। अग्रवालजी चप्पल में पांव फंसाते हुए कहते हैं- "देखा शर्मा जी, देहधारी के लिए देह के कष्ट अनिवार्य भोग हैं। इनसे छुटकारा नहीं है, बंधु।"

"देखने में तो शरीर- स्वास्थ्य अच्छा ही है साध्वी जी का" शर्मा जी बोले।

"अरे भाई, रोग भी तो कई तरह के हैं। तन का रोग न हो तो मन का..."

"अग्रवाल जी, यह तो हम जैसे संसारी जीवों की बात है। साधु- संत, संन्यासी- वैरागी जो अपने नियम- व्रत पर अटल हैं वे तो..."

"अरे बड़े- बड़े अवतारी तक इस भव- फंद से मुक्त नहीं हैं। यह तो अबला देह में साध्वी अलकनन्दा है। अभी दस- पन्द्रह बरस पहले ही तो इस रास्ते पर निकली हैं।"

"स्त्रियों में संन्यास सामान्य घटना नहीं है- स्त्रियां तो घोर माया का रूप हैं..."

"सो तो ठीक कहा भाई। अब अलकनन्दा की ही बात ले लो। ललाट पर गृहस्थी का सुख लिखा ही नहीं था तो कोई क्या करता। अच्छे घर जन्मी- पली। पढ़ी- लिखी। ऊंचे परिवार में ब्याही। पर पति से एक दिन भी नहीं निभा पाई। सुनते हैं बहुत लम्पट- व्यभिचारी था। मन पर ऐसी चोट खाई कि सब छोड़कर वृंदावन चली गई। स्वाभिमानी मन विरक्त हो गया। कई बरस वहीं गुज़ार दिए। यहां तो आश्रम बनने के बाद आई हैं। मैं तो यह

मानता हूं शर्मा जी कि सच्चा संन्यास तो मन की स्थिति है। कहीं भी, कभी भी सम्भव है...।" कहते हुए दोनों सज्जन आश्रम से बाहर निकल गए। केवल पत्थरों पर उनकी लाठियों की ठक- ठक कुछ देर और सुनाई देती रही।

धीरे- धीरे आश्रम में निर्जनता छा गई। आनन्दी बहिन ने साध्वी जी के पांव दबाते हुए पूछा-

"चित्त खिन्न है क्या साध्वी जी?"

"अब तो कुछ ठीक हूं, आनन्दी।"

"वह प्रवचन के मध्य सहसा क्या हो गया था?"

"आनन्दी, आनन्दी" कहते हुए उन्होंने आनन्दी के हाथ ज़ोर से दबा दिए और एक बार फिर व्यग्र हो उठी।

"मछली और कांटे की बात करते हुए ऐसा लगा था कि कांटा मछली के गले में नहीं स्वयं मेरे गले में फंस गया है और लगातार बींधता जा रहा है। न मैं बोल पा रही हूं न सांस ले पा रही हूं।"

"चिंता न करें साध्वी जी, यह कोई क्षणिक विकार था स्वयं ही टल जाएगा।"

"नहीं आनन्दी। इधर कुछ दिनों से मुझे लग रहा है कि फलाहार लेते समय मैं फलों की फांकें नहीं मछलियों के टुकड़े चबा रही हूं। अगरु और धूप के धुएं में मांस के तले जाने की गंध आती है। पूजा की थाली में पुष्पहारों की जगह चमकीली सफेद मछलियों के ढेर नजर आते हैं। तानपूरे की कोमल लय के साथ किसी भजन का स्वर उठाती हूं तो एक आवाज़ खटाक से उसे काट देती है...उबलती तेल की कढ़ाही में मछली के तले जाने की तड़- तड़ आवाज़।"

"शिव- शिव, इतने वर्षों के तप के बाद ये किस अनर्थ के संकेत हैं, साध्वी जी? कोई उपचार तो करना होगा।"

"ठीक कहती हो। मैं व्रत लेती हूं कि ज्येष्ठ महीने के पांच इतवार निराहार रहूंगी। कल हम अक्षय सरोवर में मछलियों को आटा डालकर आएंगे।" "यह सब तो हो ही जाएगा साध्वी जी, परन्तु इस विकार का कारण भी तो पता लगना चाहिए।"

"कारण मैं जानती हूं आनन्दी। जब से आश्रम की खिड़की के ठीक

सामने ये मछली बेचने वाले दुकान डालकर बैठे हैं, हमारा चित्त बहुत उद्विग्न रहता है। ऐसी अशुचिता हमसे सहन नही होती। यह कलि की कुटिल गति है। परन्तु हमें लगता है यह सभी प्रभु प्रेमियों के लिए एक चुनौती है। गुरु की सौगंध या तो हम यहां रहेंगे या फिर ये मांसभक्षी चांडाल। एकादशी से पहले इस दुकान को यहां से उखड़वा नहीं फेंका तो मेरा भी नाम अलकनन्दा नहीं। जय प्रभु, शक्ति दो।"

"पर यह काम इतना सरल नहीं है, साध्वी जी। यह सारी ज़मीन जहां सरकार इन लोगों को बसा रही है, आश्रम की नहीं है। ये लोग भी तो नगरपालिका को किराया देते हैं। उन्हीं की अनुमति से ये हाट- बाज़ार जहां- तहां जम रहे हैं।"

"यह बात तो ठीक है आनन्दी, परन्तु हम लोग भी कहां जाएं? नगरपालिका हमें तो कोई जगह देने से रही। पंद्रह साल पहले जब हमने दीक्षा ली थी तब यह भूमि किसी भक्त ने अपनी पूज्य मां की स्मृति में आश्रम निर्माण के लिए दान में दी थी। अत्यंत निर्जन और एकान्त था यह क्षेत्र। जन कोलाहल से दूर केवल नदी का कल- कल स्वर सुनाई दिया करता था। कितने अध्यवसाय से यह सब बनाया और अब? सुरसा की तरह फैलता हुआ यह शहर हमारे इस टुकड़े भर एकांत को यूं चुपचाप निगल ले और हम देखते रह जाएं? यह भी कहां का न्याय हुआ?"

"आपका अनुताप उचित है साध्वी जी। परन्तु ये दंगे- फसाद, कोर्ट- कचहरी क्या साधु- संतों के करने की बातें हैं?...और फिर इस नारी देह में हम इस आसुरी शक्ति को कैसे ललकार सकती हैं?"

"नारी देह तो शक्ति रूपा होती है, आनन्दी। असुरों का संहार करनेवाली महिषासुर मर्दिनी भी इसी देह में उतरी थी।"

कुछ समय पूर्व निर्व्याख्या क्लान्ति से अलकनन्दा का अम्लान मुख मुरझा गया था, वह फिर से प्रखर कान्ति से दीप्त हो उठा। अपनी संकल्पशक्ति का संधान करती हुई वह उठीं और आश्रम के कार्य- कलाप में जुट गईं।

मछलियों की इस दुकान में निरीह मछलियां ही तो काटी और तली नहीं जाती। यह तो अधर्मियों, व्यभिचारियों का अड्डा है। शाम होते ही जब आश्रम में संध्या आरती आरम्भ होती है, वहां एक से एक मद्यप इकट्ठा होने

लगते हैं। इधर प्रवचन आरम्भ होता है उधर उनका गाली- गलौच और अश्लील कहकहे। अलकनन्दा के मन में बार- बार वह अप्रिय स्मृति कौंध जाती है- विवाह के आरम्भिक दिन थे। बैठक में पति के अय्याश मित्रों का जमावड़ा, बार- बार उसके लिए बुलाहट और जवाबतलबी। आज फिर ईश्वर उसके धीरज की परीक्षा ले रहे हैं।

अलकनन्दा ने मन ही मन कुछ ठान लिया है।

"नहीं आनन्दी, हम साधु- संत धर्म के सेनानी हैं। आश्रम के ठीक सामने, प्रभु के द्वार पर यह अनाचार हम सहन नहीं कर सकते। हमें इनसे टक्कर लेनी ही है। प्रभु का यही आदेश है..." कहते हुए वह आक्रोश से कांपने लगी थी।

"शांत रहें साध्वी जी। आप ही तो कहती हैं कि क्रोध हिंसा है और हमने तो अहिंसा का व्रत ले रखा है।"

"यह क्रोध नहीं है, आनन्दी। यह सात्विक रोष है। यही हम निहत्थे संतों की शक्ति है। इसके बल पर ही हम इस अनाचार के अड्डे को ध्वस्त करेंगे।"

"क्या सरकार हमें यह करने देगी, साध्वी जी?"

"सरकार को हमारी सुननी पड़ेगी। नहीं तो यह ज़ाहिर हो जाएगा कि वह किस ओर है।"

"मुझे तो नहीं लगता, साध्वी जी, कि..."

"तुम चुप रहो, आनन्दी। तुम्हारा चित्त बंटा हुआ है। इसीलिए दुविधा में है। द्वन्द्व को जीतो। ज़रा उधर से पानी थमाना तो, गला सूख रहा है। अंधेरा होते ही मुख्य द्वार की सांकल भीतर से बंद करना न भूलना। सड़क की तरफ वाली बत्ती जलाए रखना। पर्दे भी ठीक से खींच लेना। कितना अपवित्र कर देती है इन लोगों की लोलुप दृष्टि। लगता है किसी ने कीचड़ की पिचकारी फेंकी हो। इसीलिए तो इतनी ठण्ड होने पर भी सोने से पहले स्नान करना ज़रूरी हो जाता है।"

"रात को ठण्डे पानी से स्नान स्वास्थ्य के लिए हानिकारक है साध्वी जी। पता नहीं कब पुराना जोड़ों का दर्द उठ जागे। कल भी आप ठीक से सो नहीं पाईं। श्वास में कुछ बाधा हो रही थी क्या?"

"श्वास बाधा नहीं थी, आनन्दी। कल हमने एक विचित्र स्वप्न देखा।

हम ठाकुर जी के चरणों में गेरुवे वस्त्र पहने ध्यान में बैठे थे। सहसा स्वप्न में आंख खुली तो देखा हमारे वस्त्र में कई जगह जलने से छेद हो गए हैं। हमने तुरंत गंगाजल का आचमन लिया तो पाया उसमें मदिरा की गंध है। आनन्दी, तुम कल से हमारी साड़ी, अंगवस्त्र पिछले बरामदे में सूखने के लिए फैलाना। पता नहीं कैसी- कैसी दृष्टि पड़ती है...।"

"जी, ऐसा ही करूंगी। कल दिन में..."

"अरे हां, कल दिन में हम मैजिस्ट्रेट के पास जाएंगे। पीछे कुछ देर तुम सम्भाल लेना। सांझ के प्रवचन तक लौट आऊंगी।"

दूसरे दिन संध्या आरती के उपरांत साध्वी अलकनंदा ने सभी प्रभुप्रेमियों के सामने मछली की दुकान को लेकर अपनी चिंता व्यक्त की। उनका कहना था कि यह उनकी व्यक्तिगत समस्या नहीं है। आश्रम या मंदिर सार्वजनिक स्थान हैं। वहां हम मन की शुद्धि और शांति पाने के लिए जाते हैं। ऐसे स्थानों के आस- पास लोग मांस- मछली खाएं, शराब पीयें, पशुओं जैसा व्यवहार करें तो भले लोगों का तो जीना दूभर हो जाएगा। ये लोग अपनी राक्षसी वृत्तियों से धर्म साधना में विघ्न डालकर सज्जनों को धर्म के रास्ते से भ्रष्ट करना चाहते हैं। ये समाज विरोधी हैं- सभ्य समाज पर कलंक हैं।

सारे उपस्थित समुदाय ने समस्या को समझा। फिर यह सुझाव दिया कि आरम्भ में आश्रम की ओर से कोई एक सदस्य माणिक के पास जाए। शांतिपूर्वक आग्रह करे कि वह अपनी दुकान किसी दूसरी जगह ले जाए। फिर भी यदि वह न माने तो आश्रम के पक्ष में जनमत इकट्ठा किया जाए। मैजिस्ट्रेट को एक आवेदन पत्र दिया जाए जिसमें शहर के अधिक से अधिक प्रतिष्ठित लोगों के हस्ताक्षर हों।

माणिक ने तुरंत साध्वी जी से मिलने की इच्छा व्यक्त की। साध्वी जी ने अनुमति दे दी। माणिक आंगन में लगे नल पर रगड़- रगड़ कर हाथ- मुंह धोकर आया। खूब उजला कुर्ता- पाजामा पहना। साध्वी जी जब बाहर आईं तो कुछ सूंघकर स्वभावतः ही नाक सिकोड़ लिया। माणिक हैरान हुआ। कैसी है यह मछली की गंध? धो- धोकर भी नहीं जाती। साध्वी जी बरामदे में ही पीढ़ी पर बैठी थीं। माणिक बरामदे की सबसे ऊपर वाली सीढ़ी पर।

सब जानते हुए भी साध्वी जी ने पूछा- "कैसे आना हुआ, माणिक?"

माणिक हाथ जोड़कर बोला- "गरीब आदमी हूं, साध्वी जी। छह बच्चों

का परिवार है। कोई धंधा जम ही नहीं पाता। गरीब लोगों पर दया करके नगरपालिका ने इस इलाके में लोगों को ये खोखे बनाकर दिए हैं। किराये पर ही सही। उम्मीद है नया बस अड्डा बन जाने पर इस उजाड़ इलाके में काफी रौनक हो जाएगी। शायद बीवी- बच्चों के भाग से मेरे भी दिन फिर जाएं।"

अलकनंदा ग़रीबों से, ज़रूरतमंदों से हमदर्दी रखती है। हर इतवार को आश्रम में नारायण पूजा होती है। वे स्वयं गरीबों, अपाहिजों को खाना परोसती हैं। पर वह एकदम दूसरी बात है। बहरहाल वे कहती हैं-

"गरीब होना एक बात है, माणिक। पर पेट पालने के लिए मछली बेचना ही तो ज़रूरी नहीं है। और वह भी ठीक हमारी नाक के आगे। कुछ और क्यों नहीं बेच लेते? जैसे फूल- बताशे, धूप- अगरबत्ती?"

माणिक समझ नहीं पाता।

"फूल- बताशे मैं बेचूंगा, साध्वी जी? मैं बेचूं भी तो खरीदेगा कौन? कितने लोग आते हैं आश्रम में? तीस नहीं तो चालीस। खरीदेंगे भी तो यही न दो चार आने पैसे? उससे आठ लोगों का पेट भर जाएगा?" माणिक सोच में पड़ गया है। क्या लोग- बाग नहीं जानते कि वह शहर के किस हिस्से में रहता है? कि उसका बाप कुछ साल पहले तक मैला उठाता था? लोग खरीदेंगे उससे पूजा का सामान? मछली बेचने से चार महीने में ही हालात सुधरने लगे हैं। उन लोगों को तो बैठने भर की जगह चाहिए। चाहे चार- छह लकड़ी के टेढ़े- मेढ़े बैंच ही हैं फिर भी सांझ होते ही तिल धरने को जगह नहीं होती। चाहे तो कुछ ज्यादा भी कमा सकता है। कुछ देसी- वेसी का जुगाड़ भी खुद ही बिठा सकता है। अभी तो यह काम उसका मौसेरा भाई करमू करता है। उसके पास बैठने का ठीया नहीं- इसी खोखे की बदौलत उसका भी धंधा चल रहा है...।

"क्या सोच रहे हो माणिक? हमने गलत तो नहीं कहा?" माणिक फिर हाथ जोड़कर कहता है-

"साध्वी जी, मैजिस्ट्रेट के पास जाने की तकलीफ न उठाएं तो अच्छा ही है। बाल- बच्चेदार आदमी हूं। यहां से और जाऊंगा भी कहां? फिर ऐसे दरे की जगह मुझे कहां मिलेगी? मेरे ग्राहक तो यहीं पुलिया के इस पार ही अपना जमावड़ा जमा सकते हैं। पुल के उस पार भरे बाज़ार में तो वैसे भी मुश्किल हो जाता है। फिर मुझे वहां जगह भी कौन देगा? यह तो किस्मत

से खोखा मिल गया है। फिर मैं ही तो नहीं हूं अकेला? मैं उठ भी जाऊं तो और किस- किस को उठाएंगी आप? यह तो सारी गली ही बदनाम गली है। कोई कसाई है तो कोई नाई। वही जो तिब्बती होटल है वहां क्या- क्या नहीं बिकता? असल में यह जगह आप जैसे उजले लोगों के लिए ठीक नहीं है। आपकी तो बड़ी ऊंची पहुंच है। बहुत सारे भक्त हैं। कहीं और जगह मिल जाएगी। आपका धंधा इज़्ज़तदार है..."

"होश में आकर बात करो, माणिक। तुम आश्रम को धंधा कहते हो? यह भी कोई दुकान है जो यहां से उठाकर वहां खोल दी... ऐसी नीच सोच है तुम्हारी?" "मैं तो आपके ही भले की बात कह रहा था, साध्वी जी। आप नाहक गुस्सा हो गईं। मेरा मतलब था आपका धंधा मेरे धंधे जैसा तो नहीं है न? हर जगह लोग सिर-माथे पर बिठाएंगे। मेरे रोज़गार पर लात मारकर आपको क्या मिलेगा? मेरी मजबूरी समझने की कोशिश करें...।"

"मजबूरी तो हमारी भी है माणिक। हमें ही कौन ऐसी जगह दे देगा। कौन ज़माना आ गया है अब? इंच-इंच ज़मीन के लिए सिर फाड़ बैठते हैं लोग। कहां बैठे हैं ऐसे दानी? और फिर तुम क्या समझो इस लिबास के जोखिम। लोगों की नज़रें ही बदल गई हैं..."

"देख लें, साध्वी जी, भगवान के दरवाज़े के सामने मांस- मछली बेचते हुए हम भी परेशान रहते हैं। यह तो हमारा रोज़गार है काम करने में कोई शरम भी नहीं... फिर भी एक पर्दा रहे तो अच्छा रहता है।"

"पर्दा तुम्हें ही नहीं, हमें भी ज़रूरी है, माणिक। आधे लोग तो इसलिये यहां नहीं आते कि यह इलाका अच्छा नहीं माना जाता। आश्रम के सामने से तुम्हारी दुकान हट जाए तो आश्रम का चढ़ावा, इसकी प्रतिष्ठा दुगनी हो जाए..." "मैं भी यही सोचता हूं, आश्रम सामने न हो तो मेरी ग्राहकी भी बढ़ सकती है। अभी तो कई शराफत के मारे इस तरफ आने से कतराते हैं..."

"आश्रम यहां दस साल से है माणिक। तुम्हें आए सिर्फ चार महीने हुए। जब से आए हो सारा माहौल बिगड़ गया है..."

"कहने को तो साध्वीजी, ये सारे मंदिर, मस्जिद, गुरुद्वारे सदियों से धरती पर हैं... पर इन्सान को तो बेदखल नहीं कर सकते। रही बात माहौल की। वो आप ठीक कहती हैं। बुराई की तो फितरत ही ऐसी है। गांधी बाबा भी कह गए हैं कि लोटे भर दूध को एक रत्ती संखिया खराब

कर देती है...”

अलकनंदा के सहने की सीमा पार कर गया है माणिक। उन्हें ही उपदेश दे रहा है नीच।

“तुम जा सकते हो, माणिक। हमारे पास तुम्हारे मुंह लगने के लिए फालतू समय नहीं है। एक बार कह देखना चाहती थी। अब तुमसे बात नहीं करूंगी। मुझे मैजिस्ट्रेट के पास जाना ही है। ॐम शिव शिव।”

“एक बार फिर सोच लें, साध्वी जी। पड़ोस का मामला है, आपस में निपट जाए तो ठीक है। रहना आपको भी है, और मुझे भी। सब अपना-अपना काम देखें तो बेहतर। कबीर दास तो कह गए...कबीरा तेरी झोंपड़ी गल कटयन के पास...” अच्छा, नमस्कार।

दिन भर माणिक को कोई खास काम नहीं रहता। बैठा- बैठा किस्से-कहानियां पढ़ता रहता है। शुक्र है उसके बाप ने उसे पढ़ाने की सोची थी तो मिडल पास कर गया। फीस बेशक मुआफ थी पर स्कूल भेजा तो सही। यही कौन सी कम बात है। उसने कबीर की वाणी कई बार पढ़ी है। बहुत कुछ जुबानी याद हो गया है। अब जब से आश्रम के सामने आन बैठा है तो वहां से भी जो कुछ कानों में पड़ता है, उसे सुनता गुनता रहता है। उधर शाम को जब आरती आरम्भ होती है तो उबलते तेल में मछली के टुकड़े छोड़ते हुए उसके होंठ अभ्यास के कारण स्वतः बुदबुदाने लगते हैं- “ॐम पूर्णमदः पूर्णमिदं... अलकनंदा हवन में सुगंधित घृत डालते हुए जब तब नाक सिकोड़ लेती हैं और जीभ से ‘सर्वे भवन्तु सुखिनः’ की जगह फिसल जाता है-सत्यानाश!”

माणिक के खोखे में बैठे लोगों के ऊपर दारू अपना रंग जमाने लगती है। कोने से कोई टेरने लगता है... रंग रेजवा से... रंग रेजवा से पूछो- हमरी ना मानो सईंयां... सामने रखा मेज़नुमा फट्टा तबला बन जाता है। दूसरे कोने में एक नौजवान काली- कलूटी मेज़ पर मुट्ठियां पीट रहा है...“सब मेहनतकश एक हैं- इंकलाब ज़िन्दाबाद...” कहते कहते वह गिलास एक घूंट में खाली करके कोने में फेंक देता है। उसे बुरी तरह हिचकियां आने लगती है। उसी के सामने बैठा अधेड़ किसी अनाम औरत को गालियां निकाल रहा है- स्साली, आदमखोर...। उसका पड़ोसी बिल्कुल चुप बैठा है। माणिक उसके सामने पड़ी प्लेट में मछली डालते हुए उसकी ठोडी उठाकर कहता है-

"आप तो एकदम चित्रगुप्त हो गए ...कहां हो सरकार?" वह आदमी आश्रम की खिड़की की तरफ इशारा करके फिर वहीं ताकने लगता है। साथ वाली मेज़ पर बैठे व्यक्ति ने भी उसकी नज़र का पीछा किया और मेज़ ठोंककर बोला- "वाह भई माणिक...क्या जगह ढूंढी है यार- गला भी तर- दिल भी तर और आंखें भी तर..." माणिक ने छुपी नज़रों से देखा। खिड़की के पर्दे सरका कर एक छरहरी नारी छाया कमरे में गुम हो गई है।

अगले दिन आनन्दी दूध लेने निकली तो माणिक से कहने लगी- "माणिक, तुम दुकान के खुले हिस्से में चिक लगवा लो तो ठीक रहेगा।"

"ठीक है, आनन्दी बहन, पर बुरा न मानो तो आप लोग भी दुकान के सामने वाली खिड़की बंद ही रखा करो। ठीक है न? मेरे यहां आने वाले मेहमानों को तो तुम जानती ही हो। उनके लिए चिक क्या कर लेगी?"

उस दिन शाम को एक ग्राहक पर दारू कुछ ज्यादा ही चढ़ गई। वह बिल्कुल बेकाबू हो गया। माणिक ने कई बार कहा- "ऊंचे मत बोलो। सामने भगवान का घर है। भले लोग रहते हैं..." जवाब में सुना- "चुप रह, बे! भगवान का घर है तो मेरे बाप का घर हुआ। बड़ा बनता है भले लोगों का दलाल। जा वहीं जाकर खड़तालें बजा। अरे, इतनी सुन्दर जगह रहने को मिले...इतना बढ़िया खाने को मिले...इतने उजले कपड़े पहनने को मिले तो सब भले लगने लगते हैं, मेरे यार...अरे..तू भी भला लगने लगेगा माणिक लाल, यह मछली का थाल आगे से हटा दे...बस्स- बस्स, वह कहता- कहता मेज़ पर ही लुढ़क कर सो गया।

दूसरे दिन माणिक ने चार- छह बेंचों के आगे चिक डलवा ही दी। आरती खत्म होने के बाद आदतन सामने देखा। खिड़की का पर्दा हिला और उसके पीछे वही नारी छाया कमरे में गुम हो गई।

आनन्दी बहिन एक क्षण गली में रुकते हुए अंदर गई। कह रही थी- "माणिक, तुम्हारी दुकान तो सचमुच आफत है। सांझ को ही भक्त आश्रम में आते हैं और सांझ को ही तुम्हारा धंधा चलता है। दुर्गंध के मारे नाक फटने लगती है। लोगों को नाक पर कपड़ा रखना पड़ता है।"

"आनन्दी बहन, देखो अब तो चिक भी डलवा दी..."

"चिक से दुर्गंध रुकती है क्या?"

"तो फिर ऐसे करो। हमारा धंधा शाम को चलता है, तुम अपना काम

सुबह निपटा लिया करो..."

"क्या कहते हो? लोग तो आरती के लिए सांझ को ही आएंगे।"

"अरे... आपके भक्त तो टाइम बदल सकते हैं। या तो औरतें आती हैं या फिर रिटायर्ड अधेड़ और बूढ़े। उनके लिए सुबह क्या शाम क्या? मेरे ग्राहक तो बेचारे कामगर, मज़दूर ठहरे। ध्याड़ी लगाकर ही आएंगे...।"

"भगवान से डरो माणिक...शिव, शिव। आनन्दी जल्दी जल्दी गली पार करके आश्रम में घुस गई।"

साध्वी अलकनन्दा मैजिस्ट्रेट से मिलीं। बहुत से दूसरे लोगों से बात की। आवेदन पत्र भी भेज दिया गया। उन्हें आशा थी कि एक दिन दो- तीन सिपाही हाथ में आदेश पत्र लेकर आएंगे। माणिक के टूटे- फूटे बैंच, कढ़ाई, लोहे के थाल- इन सबको हटाने में कितनी देर लगेगी भला। फिर यह नरक हमेशा के लिए यहां से हट जाएगा। पर कुछ भी नहीं हुआ।

वे जब- जब दरवाज़े से निकलती, माणिक नमस्कार करने की तैयारी करने लगता। परन्तु वे अपने वस्त्र सम्भालते हुए, बिना उसकी तरफ देखे निकल जातीं। उन दिनों दुकान के आगे से गुज़रते हुए वे सांस तक रोक लेती थी।

कई महीने बीत गए। इधर भजन के स्वर उठते, उधर नशेड़ियों की चीख- पुकार। इधर धूप का सौरभ बिखरता उधर मछलियों की बास।

एक दिन माणिक ने देखा सड़क के किनारे रेत- बजरी जमा होने लगी। आनन्दी बहिन ने ही बताया कि साध्वी जी आश्रम के आगे सड़क की तरफ एक पक्की, ऊंची दीवार उठवा रही हैं। वह उत्सुकता नहीं दबा पाया। पूछ बैठा- "तो क्या सरकार दुकान नहीं हटाएगी?"

आनन्दी ने ठण्डी सांस लेकर कहा- "यह कलियुग है, माणिक। धर्म को अपनी रक्षा खुद करनी पड़ेगी।"

"ठीक कहती हैं आप। कबीरदास जी कह गए हैं- निंदक नियरे राखिये..."

"कलि की चाल ही कुटिल है माणिक। कलिकाल में धर्म चुप बैठेगा और पाप बड़बोला होगा- ॐम शिव शिव।"

आनन्दी संध्या आरती के लिए फूलों की डलिया लिए गली से गुज़रती है तो बिना रुके, चलते- चलते माणिक के एक- आध प्रश्न का उत्तर दे देती

है। साध्वी अलकनन्दा साथ हो तब तो इस तरफ देखने का प्रश्न ही नहीं उठता।

...और यह माणिक है कि दुकान पर बैठे- बैठे भी इसके कान आश्रम से आने वाले शब्दों, ध्वनियों को मानो पीते रहते हैं। आरती का समय हुआ। धूप- अगरबत्ती की सुवास और आरती के स्वरों से गली गुंजार हो गई। इधर माणिक के अड्डे पर भी लोग जुटने लगे। गरम- गरम उबलते तेल में माणिक ने मछली का टुकड़ा छोड़ा। अलकनन्दा की मधुरवाणी को लाउडस्पीकर ने गली के इस पार पहुंचाया..."सर्वे भवन्तु सुखिनः।" माणिक सहसा तेल की तड़- तड़ से अधिक ऊंचे स्वर में बोल उठा- "सर्वे सन्तु निरामयाः।" दुकान में बैठे सभी लोग चौंक कर उसे देखने लगे।

दो मिनट मौन

यह मेरी बेटी की शादी की एलबम है। मेहमानों को दिखा रही हूं- खुले पृष्ठ पर दो प्रसन्न, प्रफुल्ल चेहरे। अचानक मेरे हाथ थककर रुक जाते हैं और मन कहीं दूर चला जाता है। लगभग चार सालों से वही एक फोटो मेरी चेतना को आक्रांत किए रहती है। किसी भी युवा जोड़ी का चित्र देखती हूं तो एक कटीली याद मुझे चुभती है और आंखों के सामने से प्रफुल्ल चेहरे ओझल हो जाते हैं। उनकी जगह ले लेते हैं दो आलिंगनबद्ध किशोर। पेड़ की टहनी से लटकते हुए दो निर्जीव शरीर। वह लड़का- वह लड़की।

दस बजकर बीस मिनट हुए होंगे। मैं कॉलेज परिसर का एक राउंड लेकर अभी कुर्सी पर बैठी ही थी। उर्मिला (मेरी चपरासी) ने एक हिन्दी अखबार मेज़ पर फैलाते हुए कहा, "देखिये मैडम, कॉलेज की खबर लगी है।"

"...स्थानीय कॉलेज के एक युवा जोड़े ने की आत्महत्या। खेतों में पेड़ से लटकती हुई लाशें बरामद। लड़की के दुपट्टे का रस्सी की जगह किया गया उपयोग... ।"

फिर उसके बाद कई सम्बद्ध सूचनाएं। कौन थे ये बच्चे? किस गांव के थे? क्यों लिया यह फैसला? क्यों? क्यों?

अगले एक घंटे में कई फोन। पुलिस चौकी से। अखबार वालों से। और वही सुविचारित, सुनियोजित उत्तर। "...दोनों बच्चे हमारे कॉलेज के विद्यार्थी हैं। बी.एस.सी. फाइनल इयर के छात्र हैं। दोनों का रिकॉर्ड बहुत अच्छा है। दोनों प्रथम श्रेणी में पास हुए हैं। कॉलेज की विभिन्न गतिविधियों में सक्रिय भाग लेते रहे हैं आदि- आदि...इसके आगे कॉलेज कुछ भी जानकारी देने में असमर्थ है... क्योंकि यह घटना कॉलेज परिसर के बाहर और कॉलेज के कार्यकाल के बाद घटी है इसलिए कॉलेज प्रशासन का इससे

कोई लेना- देना नहीं है।"

लेना- देना नहीं है? लेकिन किसका? किससे? एक प्रशासक बयान देकर निपट लेता है। उसके बाद आरम्भ होती है एक और अदालत।

उस अदालत में यह मुकदमा सदियों से चला आ रहा है। हर सदी ने अपने तरीके से अपने तर्क प्रस्तुत किए हैं, फैसले सुनाए हैं। परन्तु हर बदले हुए ज़माने में इस मुकदमे की फाइलें बार- बार खुलती हैं क्योंकि हर बार यही पाया जाता है कि कभी तो इसकी पर्याप्त सुनवाई नहीं हुई, कभी समुचित बहस नहीं हुई और कभी पर्याप्त गवाही नहीं जुट पाई।

कुर्सी से उठते ही मुझे लगा मैंने दो मासूम बच्चे खो दिए। मैं बाहर आई और लॉन में फूलों की क्यारियों के साथ- साथ बैठे रंग- बिरंगे गुलदस्तों जैसे युवक- युवतियों को आंखें फाड़- फाड़ कर देखने लगी। खिले गुलाबों जैसे इन चेहरों के नीचे कहां छिपा है दुःख का वह अदृश्य कुत्सित कृमी जो तक्षक बनकर इन्हें डसने की घड़ी ढूंढ रहा है? इतने तरोताज़ा ये फूल क्या कल्पना भी कर सकते हैं कि कोई हाथ अपनी पुश्तैनी खाज मिटाने के लिए इन्हें मसल डालने को आतुर हैं?

मैं अपनी जानकारी के लिए कुछ बच्चों से कुछ प्रश्न पूछती हूं। परन्तु कुछ प्रश्न हैं जो निषिद्ध हैं और वही सबसे ज़रूरी हैं। एक लड़की जो मृत लड़की की सहेली है, लगातार रो रही है। मैं उसे इशारे से एक तरफ बुलाती हूं- "बताओ, तुम्हें तो पता होगा यह सब क्यों किया उसने?"

"मैडम, और कोई रास्ता नहीं बचा था उसके सामने। कई सालों से दोस्ती थी इनकी। हाईस्कूल में एक साथ पढ़ते थे। गांव में तो मिलने जुलने पर पाबंदी रहती है। पता नहीं उसकी बुद्धि पर कैसे पत्थर पड़ गए कि पिछले शनिवार वह उसके साथ मेले में घूमती रही, झूला झूलती रही। गांव के कुछ शोहदे छोकरों ने बढ़ा- चढ़ाकर ताने- तोहमतों के साथ यह बात उसके घर वालों तक पहुंचा दी। उसके भाई, मामा, चाचा... सबकी आंखों में खून उतर आया... और फिर उसके बाद डर के मारे तीन दिन तक वे दोनों खेतों में टूटी हुई गऊशाला में छिपे रहे। लड़के के घरवाले उसे लड़की के साथ घर नहीं आने देते थे और वह उसे अकेला छोड़कर जाने को तैयार नहीं था। जब सब तरफ से घिर गए तो बस फंदा लगा लिया। पागल थी वह जो इतने जबर खानदान की मर्जी के खिलाफ प्यार के झूले- झूलने चली थी।"

"सुनो, रोना बंद करो। यह बताओ कि उसके घरवाले उनकी दोस्ती का इतना विरोध क्यों कर रहे थे?"

"पता नहीं मैडम... वैसे तो पढ़े- लिखे हैं वे लोग। पर उसके परिवार में एक बार पहले भी ऐसा हुआ था। उसकी एक बुआ थी...कहते हैं वह भी ज़हर खाकर मर गई थी।"

वहीं पास में आ खड़ी एक लड़की जो अब तक की कहानी सुनकर कुछ उत्तेजित हो रही थी बीच में बोल पड़ी..."मैडम, असली बात कुछ और ही है...।"

"क्या है असली बात?"

पहले वाली लड़की ने आंखें तरेरते हुए उसे बरज दिया और अपनी बात आगे कर दी..."बच्चों को भी अपने परिवार की मान- मर्यादा का ध्यान रखना चाहिए...।"

स्पष्ट था कि वह अपने दिल पर पत्थर रखकर दिमाग से समझदारी की बात कह रही थी।

तो फिर क्या थी असली बात?

ऑफिस की तरफ जाने के लिए मुड़ी तो कॉलेज का चौकीदार साथ चलने लगा। वह लगभग अस्फुट जैसे स्वर में बोला..."मैडम, मामला इतना सीधा नहीं है...बहुत पेच है...ठाकुरों की लड़की थी।"

"और लड़का?" मैंने भी उसी तरह दबे स्वर में पूछा।

"तरखाणों का।"

"अच्छा... तो अब..."

"पता नहीं फांसी लगाकर मरे या..."

"या?"

"मार ही डाले...आखिर जब सवाल इज़्ज़त का हो..."

"तो?"

"...तो सब सवालों का एक ही जवाब..."

हत्या या आत्महत्या? मूर्खता या दिलेरी? साहस या दुस्साहस? ये सब प्रश्न खाली फंदों की तरह चारों तरफ लटक रहे हैं और मैं उनकी फांस अपनी गर्दन पर कसती हुई महसूस कर रही हूं। मुझे अभी, इसी पल तय करना है कि मेरे मन में उनके लिए क्या है? क्रोध? सहानुभूति? प्यार?

या फिर एक ठंडी समझदारी? फैसले के इस संकरे पल में से गुज़रते हुए बार- बार मेरा मन स्मृतियों के झाड़ों में उलझ- उलझ कर तार- तार होता है...

...लगभग चालीस वर्ष पहले एक ठण्डी सी सुबह एक बस में आकर बैठी हूं। मेरी बगल में मेरे पति हैं। बस में बत्ती नहीं जल रही। बाहर धुंध में से छनकर आती हुई हल्की- हल्की रोशनी बस में एक ठिठुरता हुआ तन्द्रिल- सा झुटपुटा फैला रही है। बस चलने में अभी कुछ देर है। दो- चार सीटें छोड़कर पीछे से आते हुए दबे- दबे स्वर मेरे कानों को उमेठकर मुझे एकदम चौकस कर देते हैं..."तू नहीं पहचानती इसे?" "अरे वही हमारे मुहल्ले में खत्रियों की बड़ी चौक है न... वहीं उमादत्त ठेकेदार की पोती ...अभी भी नहीं समझी... अरे, वही जिसने अपनी मर्जी से ब्याह किया है..."

"किससे?" "भगवान जाने किससे...कौन सा जात पूछकर किया होगा..."

"बस चलती है तो शुक्र मनाती हूं। फिलहाल यह चर्चा पति का मूड न बिगाड़ दे।"

... पर आज कई सालों बाद भी वह एक वाक्यांश मेरी शिनाख्त का सबसे ज़रूरी हिस्सा है और एक नहीं अनेकों बार इन दबे- दबे शब्दों ने मेरे कान ही नहीं उमेठे मेरे चेतन- अवचेतन को भी रौंदा और मसला है..."वही जिसने अपनी मर्ज़ी से ब्याह किया है।"

ब्याह तो बाद में हुआ। इससे पहले हॉस्टल की वह एक शाम। हम तीन सहेलियां जो एक ही कस्बाती शहर से आई थीं, हर समय इस बड़े शहर में एक साथ नज़र आती थीं। वह शनिवार की शाम थी और हम तीनों मूवी देखने जाने के लिए तैयार हो रही थीं। एक- दूसरे की अलमारी खोलकर जिसको जो पसंद आया वह पहना और सज- धज कर तैयार हो गए। मैं रिक्शा लेने सबसे पहले बाहर निकली। वापिस आकर देखा, अन्य दोनों अभी भी बाहर नहीं आई हैं। पांच मिनट, दस मिनट...आधा घंटा। हारकर मैं ममता के कमरे में वापिस आई। देखा दोनों मेरे आते ही चुप सी हो गई जैसे मुझसे नज़रें चुरा रही हो...बोलीं कुछ भी नहीं। मुझे भी गुस्सा आ गया। "...चलना हो तो चलो, नहीं तो रिक्शा वापिस भेज रही हूं।" तब कहीं

जाकर मुंह से बोल फूटे- "ऐसा है कि अभी- अभी कुम्मी के भाई का फोन आया था, कहा "खबरदार, जो कभी उस लड़की के साथ नजर आई या उससे कोई वास्ता रखा। यहां शहर में चर्चा गर्म है कि उसका कहीं चक्कर चल रहा है और वह अपनी मर्ज़ी से शादी करने वाली है..."

"हम तीनों के बीच यह बात न जाने कितनी बार हो चुकी थी। कुछ भी गोपनीय नहीं था...फिर आज उनकी यह प्रतिक्रिया? बिना कुछ कहे मेरी शरीफ सहेलियों ने मुझे अपने से अलग एक- दूसरी कोटि में सरका दिया था ... जो उनकी तरह नहीं थी... जिनके लिए उनके मां- बाप बड़े यत्न से लड़के तलाश किया करते हैं।... मैं तो वह 'दूसरी' तरह की लड़की थी जो खुद अपनी मर्ज़ी से अपने लिए लड़का ढूंढती है... यानी कुल का कलंक।"

मैं पांव पटकती बाहर आ गई। रिक्शा वापिस भेजा और मन ही मन यह गांठ लगाई..."अच्छा अब दिखाकर ही रहूंगी कि मैं सचमुच तुम सब जैसी नहीं हूं।"

...परन्तु मैं जानती हूं कि आज भी...इतने बरसों के बाद...अपने लिए एक पहचान अर्जित कर पाने के बावजूद उस शहर में मेरी शिनाख्त का सबसे अहम् सूत्र यही है- वही जिसने चालीस साल पहले अपनी मर्ज़ी से ब्याह किया था... उस ज़माने में जब...लेकिन ज़माना इस आधी सदी में कहां पहुंचा है? मेरे उस एक अपराध के लिए माथे पर 'जेबकतरी' की तर्ज़ पर उबलती हुई घृणा के तेजाब से यह एक वाक्य दाग दिया गया था 'अपनी मर्ज़ी से ब्याह करने वाली यानी 'स्वैरिणी'। फिर भी मैं ज़िन्दा रही। न मुझे फांसी दी गई न फंदा लगाकर झूल जाने के लिए विवश किया गया। मैं फली फूली और सफलता के उच्च सोपान भी पार किए इसीलिए आज इस पद की पूरी गरिमा के साथ मैं इस वक्तव्य पर हस्ताक्षर कर रही हूं..."क्योंकि यह घटना कॉलेज परिसर के बाहर और कॉलेज टाइम के बाहर घटित हुई अतः प्रशासन का इससे कोई लेना- देना नहीं है...।" सलाहकार समिति की बैठक में सर्वसम्मति से यह प्रस्ताव पारित हुआ था और सभी सयाने यह गम्भीर दायित्व पूरा करके विसर्जित हो गए थे।

एक बार मैं फिर अकेली थी। सामने अखबार था और पेड़ की टहनी से झूलती हुई लाशें थीं। इनमें से एक मेरा बेटा भी हो सकता था जो प्रेम के चक्रव्यूह में घुस तो गया पर उसमें से बाहर निकलने का मार्ग वह नहीं

जानता था। वह कायर भी नहीं था, सूरमा था जिसे अनुभवी योद्धाओं ने छल- बल से घेर लिया था। तीन दिन, तीन रात भयभीत हिरणी की तरह छिपती वह लड़की मेरी अपनी बेटी भी हो सकती थी जिसने प्रेम में पड़कर आंखें बंद कर ली थीं ताकि आंखों में बसे कोमल- भंगुर सपने गिरकर टूट न जाएं। उनका इतना ही तो दोष था कि वे उम्र के उस दौर से गुज़र रहे थे जहां प्यार में कुछ भी कर गुज़रना आंख झपकने की तरह आसान लगता है।

कमरे में झूलते हुए प्रश्नों के अदृश्य फंदों में से एक फंदा औचक मेरी गर्दन पर सरक आया। कसने लगा और कसता चला गया..."क्या सचमुच तुम्हारा किसी से कुछ लेना- देना नहीं?" बोलो- 'हां' या 'न', 'हां' या 'न'।

बरबस मेरा हाथ घंटी पर चला गया और अंगूठा घंटी पर दबा रह गया। साथ वाले कमरे से तुरंत मेरा सहायक लगभग दौड़ता हुआ आया...।

"जी मैडम?"

"एक नोटिस टाइप करवाकर सभी कक्षाओं में भिजवाओ अभी। दस मिनट के भीतर।"

"जी मैडम, कहिये..." वह लिखने के लिए तैयार था।

"...मृत दोनों बच्चे हमारे होनहार छात्र थे। उनकी मृत्यु का जो भी कारण रहा हो, यह घटना अत्यंत दुःखद और दुर्भाग्यपूर्ण है। यह केवल उनके दो परिवारों के लिए ही नहीं सारे महाविद्यालय परिवार के लिए दुःख की घड़ी है और दो युवा बच्चों का यह दारुण अंत हम सबके लिए एक व्यक्तिगत क्षति। भगवान उनकी आत्मा को शांति दे और शोक संतप्त परिवारों को वह दुःख सहने की शक्ति प्रदान करें।"

"जी, बस?"

"अगले पैरा में यह पंक्ति जोड़ो..." सब छात्र अपने- अपने स्थान पर खड़े होकर दिवंगत साथियों की स्मृति में दो मिनट का मौन रखकर उन्हें श्रद्धांजलि अर्पित करेंगे।''

मैंने सामने से अखबार हटाया और महसूस किया कि गर्दन में फंसे फंदे का कसाव कुछ ढीला हुआ है। शाम को घर लौटते ही वाश बेसिन में हाथ धोए पोंछे और तौलिये को वापिस खूंटी पर टांगते हुए दिन भर की इस तनावपूर्ण स्थिति से छुटकारा पाने के इरादे से कुछ अच्छा- सा सुनने के लिए म्यूज़िक सिस्टम का बटन ऑन कर दिया।...

"कागा सकल ढंढोलयो, मेरा सगला खायो मांस।
दो नैना मेरे मत छुओ पिया मिलन की आस॥"

सुबह जाने से पहले मैं यही सुन रही थी... नहीं है छुटकारा। ऑफिस में वह कुर्सी ही शायद मेरा रक्षा कवच है। अब फिर उतनी ही आहत उतनी ही कातर। झूलती हुई लाशें और लाशों के दो जोड़ी 'दो नैना' पिया मिलन की आस लिए...खामोश। आस- पास डैने फैलाए चोंचे पैनाते कौए और गिद्ध। जब तक ये बच्चे जीवित थे सुघड़- सयाने बड़े- बूढ़ों के आगे इतने बड़े बोल कैसे बोलते जो अब मरकर बोल रहे हैं...तुम्हारा अधिकार, तुम्हारी शक्ति केवल हमारी देह को छू सकती है...हमारी आत्मा तुम्हारी पहुंच से परे है, हमारा प्यार बहुत ऊंचे उड़ने वाला पंछी है...तुम्हारी गुलेलों के पत्थरों की पहुंच से बाहर।

प्याली में चाय छानकर बैठी ही थी कि चौकीदार दरवाज़े पर आ खड़ा हुआ।

"कुछ विद्यार्थी आपसे अभी मिलना चाहते हैं। मैंने तो बताया इन्हें कि मैडम अभी- अभी घर गई हैं। थकी हुई है आप लोग कल मिल लेना, लेकिन ये बच्चे कहां मानते हैं। वैसे भी बहुत तैश में लगते हैं..."

"कोई बात नहीं, आने दो।"

मेरे कमरे में वे सब तमतमाए हुए दाखिल होते हैं।

"मैडम, हम कल कक्षाओं का बहिष्कार करेंगे। वह मृत लड़का हमारी पार्टी का है और हम चाहते हैं कि कल कक्षाएं न हों और सामूहिक रूप से श्रद्धांजलि दी जाए...हम यह भी चाहते हैं कि..."

"...लेकिन श्रद्धांजलि तो हो गई। कक्षाओं में दो मिनट का मौन रखा गया। तुम लोगों ने नोटिस नहीं देखा?"

बहुत कठिनाई से उन्हें समझाया कि इस मामले को दलगत राजनीति से दूर रखें। मेरा आशय यह भी था कि इस घटना पर तरह- तरह की प्रतिक्रियाओं के चलते इसे इतना तूल न दें कि यह सुर्खियों में बनी रहे। अलबत्ता उन गुस्साए हुए बच्चों के सामने मैं वह सब नहीं कह पा रही थी जो सलाहकार समिति में कहा- सुना और तय किया गया था। समिति ने मुझे अत्यंत सावधान और तटस्थ रहने का परामर्श दिया था। स्थानीय परिवेश को देखते हुए हमें बच्चों के प्रति भावुक नहीं होना चाहिये। यह न हो कि हमारे

रुख से यह ज़ाहिर हो कि हम इसे आत्महत्या का मामला नहीं मान रहे। उनका मत था कि ऐसी घटनाओं की अधिक से अधिक भर्त्सना की जानी चाहिए क्योंकि ये हादसे इस बात का द्योतक है कि विद्यार्थी दिशाहीन और लक्ष्यहीन होकर दिनोंदिन उच्छृंखल होते जा रहे हैं। सामाजिक दायित्व की भावना का ह्रास हो रहा है। बच्चे परिवार और उसके मान- सम्मान तथा मर्यादाओं की उपेक्षा कर रहे हैं। ऐसे अवसर पर भाव- विगलित होने का अर्थ होगा कच्ची उम्र के ऐसे अनुचित सम्बंधों की पैरोकारी और ऐसा करना महाविद्यालय में अनुशासनहीनता और नैतिक ह्रास की प्रवृत्तियों को प्रश्रय देना ही माना जाएगा।

मैंने सोचा बच्चे मुझ से सहमत हो गए हैं। सलाहकार समिति भले ही नोटिस देखकर असहज अनुभव करे पर उनसे मैं कालांतर में निपट लूंगी। कम से कम बच्चे तो संतुष्ट है कि उनके साथियों की मौत को कॉलेज ने अनदेखा नहीं किया...और मैं स्वयं?

मैं कैसे किसी से यह कहूं कि उन दो बच्चों की मौत पर दो मिनट का मौन उनकी आत्मा की शांति से अधिक मेरी अपनी आत्मा की शांति के लिए बहुत ज़रूरी था। वरना जिस अपराध के लिए मुझे चालीस साल पहले छोटी-सी सज़ा सुनाकर बरी कर दिया गया था उसी अपराध के लिए मौत की सज़ा सुनाने में मैं भी शामिल हो जाती...मैं ऐसा कैसे करती? मैं जिसके जीवन में 'सरफ़रोशी की तमन्ना' सिर्फ तब जागी थी जब मैं प्यार में थी और इस दुनिया में आकर अपने अब तक के जीवन में इस तमन्ना से अधिक खूबसूरत जज़्बा मैंने नहीं जाना था।...परन्तु बच्चों के लिए मुझसे सहमति या असहमति इतनी महत्त्वपूर्ण नहीं थी। इस समय उनके आने का कारण कुछ और था..."मैडम, कुछ भी हो हम कक्षाओं का बहिष्कार अवश्य करेंगे ...जब तक प्रोफेसर हरिदत्त सारे कॉलेज के सामने लिखित रूप से क्षमा नहीं मांगते। आप उनसे पूछिये और उनके खिलाफ एक्शन लीजिये कि उन्होंने आपका आदेश क्यों नहीं माना?" अब हैरान होने की मेरी बारी थी।

"मैं आप लोगों की बात समझ नहीं पा रही हूं। यह प्रोफेसर हरिदत्त का बीच में क्या प्रसंग है?"

"मैडम, जब आपका नोटिस आया तो वे हमारी क्लास ले रहे थे। नोटिस पढ़कर उन्होंने चपरासी के मुंह पर मारा और कहा- खबरदार, मेरी

क्लास में कोई खड़ा नहीं होगा। दो मिनट मौन? उन बदचलनों के लिए? यही सब चलता रहा तो कॉलेज की छवि मिट्टी में मिल जाएगी।"

मेरे चेहरे पर एक रंग आता और एक रंग जाता उन सबने देखा होगा। स्थिति की जटिलता और युवा छात्रों का रोष। प्रशासन की अवहेलना और आदेशों का खुलेआम उल्लंघन।

सारी शाम उन्हें सुनने- समझाने में निकल गई। धीरे- धीरे उनका उफ़ान कुछ ठण्डा पड़ा। वे इस आश्वासन के साथ चले गए कि अगले दिन छात्र परिषद् की बैठक बुलाकर इस मामले पर विचार किया जाएगा।

वे चले गए। मैं फिर अपने साथ उलझती हुई अकेली। प्रश्नों के लहराते हुए फंदों के बीच। क्या वह नोटिस निकालकर मैंने कुछ गलत किया? क्या वे बच्चे ऐसे समाजद्रोही तत्व हैं जिनसे पूरे समाज को खतरा है? क्या उनका मासूम प्यार, एक दूसरे को समर्पित जीवन और मृत्यु सब कुछ इतना घृणित और कुत्सित है कि उस पर दो फूल तो दूर, दो क्षण का मौन तक ज़ाया नहीं किया जा सकता? क्या अग्नि भी उनकी लाशों के प्रति असहिष्णु हो जाएगी? क्या गंगा भी उनकी अस्थियों को छूने में हिचकिचाएगी? क्या उन्हें जन्म देने वाले जनक- जननी भी अपने आंसू अपने दूसरे बच्चों के लिए बचाकर रखेंगे?

मैंने अपनी एक निकट सहयोगी को फोन किया। सोचा कि जानू तो सही बाकी लोगों की क्या प्रतिक्रिया रही?

"निशा, तुम कॉलेज से कब गई? मुझे मिलकर क्यों नहीं गई?"

"मैडम, मैं कुछ समझ नहीं पा रही थी कि वह नोटिस निकालकर आप क्या मैसेज देना चाह रही थी?"

"डैम द मैसेज। लॉस इज लॉस। हमारे दो बच्चे चले गए...क्या हम उन्हें अपनी प्रार्थना तक में शामिल नहीं कर सकते?" "वह तो ठीक है मैडम पर मैं तो पूरा पिरीयड उन्हें यही समझाती रही कि यह सब जो उन दोनों ने किया ठीक नहीं था। वे कायर थे जो मुकाबला नहीं कर सके। अपने किए का दायित्व नहीं ले सके। यह कमजोर, बीमार मानसिकता है। इट मस्ट बी कर्ब्ड।"

"निशा इटज़ ओ.के...पर दो मिनट मौन..."

"मैडम, काश यह ज़िन्दगी एक प्रेम कविता होती...खैर, आपका आदेश

था सो मान तो लिया पर मेरे ख्याल में इसकी ज़रूरत नहीं थी।"

"एट टू ब्रूटे...निशा तू भी?"

हार कर पति को फोन किया। वे तो ज़रूर मेरा समर्थन करेंगे। आखिर "अपनी मर्ज़ी में वे भी तो शामिल थे।"

"बोलो, क्या मैंने कुछ गलत किया? यह कैसा वक्त आ गया है- सारी संवेदना काठ हो गई है...लहू ठण्डा...?"

"कूल, बी कूल, डार्लिंग। तुम जिस जगह, जिस जिम्मेदारी के पद पर हो वहां भावुकता से कुछ नहीं संवरता। मैं तुम्हारी बात समझता हूं। तुम्हारी संवेदनशीलता की कद्र करता हूं फिर भी समझता हूं यह सब न भी होता तो..."

"बस - बस - बस।"

मैं फोन रख देती हूं। बहुत हुआ। मुझे नहीं जानना कौन क्या कहता है। कौन क्या सोचता है। मैं अपने सभी निर्णयों के लिए स्वयं उत्तरदायी हूं। अकेली जवाबदेह हूं।

फोन फिर बजा...इस बार स्टाफ़ सेक्रेटरी हैं।

"हेलो मैडम, क्षमा करें, डिस्टर्ब नहीं करना चाहता था पर बात ही कुछ ऐसी थी। मैं आपको बताना चाहता हूं कि पता चला है कल जिला परिषद् की मीटिंग है। प्रेस वाले तो खैर होंगे ही...एम.एल.ए. और ग्रीवेंस कमेटी के प्रधान भी आमंत्रित हैं। हो सकता है आपको भी बुलाया जाए। दरअसल, विरोधी दल के नेता हाल ही में हुई आत्महत्याओं के संदर्भ में कॉलेज में, गिरते हुए अनुशासन के मद्देनज़र आपके तबादले की मांग कर रहे हैं..."

"तो? कर दें तबादला और सुधार लें अनुशासन?"

मुझसे क्या चाहते हैं? त्यागपत्र?

"मैडम, मैं तो आपका शुभचिंतक हूं और रहूंगा। अफसोस तो यह है कि यहां दीवारों के भी कान हैं। बस इतना कहना था कि आप जितनी शान से सलाहकार समिति की मीटिंग में वह बात कह रही थीं- कहीं इस मीटिंग में भी न कह दें।"

"कौन सी बात? ज़रा स्पष्ट करें प्रोफेसर साहिब?"

"यही कि आपने भी अपनी मर्ज़ी से लव मैरिज की थी।"

उसका सच

"देश का भविष्य तुम्हारे कंधों पर है"- प्रिंसीपल साहब ने मेज़ के दूसरी ओर खड़े चेतन चौहान की आंखों में आंखें डालते हुए कहा।

चेतन ने अचकचाकर उनके ऑफिस की चारों दीवारों पर नज़र दौड़ाई और कंधे झाड़ दिए। उसके कंधों का प्रयोग करने का अधिकार उससे पूछे बिना कोई केसे ले सकता है...और फिर देश और देश का भविष्य।

हरक्यूलिस की तरह पूरे एटलस को उठाने का न उसे शौक है न ही ऐसा कोई दावा। सबसे बड़ी बात तो यह है कि देश शब्द लगता ही बहुत अमूर्त है। फिर भविष्य तो है ही धुंध का टीला। अस्पष्ट। आकारहीन। प्रिंसीपल साहब की पीढ़ी के किसी नवयुवक के सामने यह वाक्य कहा जाता तो वह शायद गर्व से इतराने लगता। अपनी सामर्थ्य का ऐसा बोध उसे जोखिमों से जूझने के लिए तैयार कर देता- शायद वह आजीवन कंधे न झुकाता ताकि भविष्य का यह पवित्र बोझ गिरने न पाए। वह भी एक ज़माना था और अब यह चेतन उनसे दो पीढ़ी आगे निकल चुका है। सत्रह साल का यह नवयुवक कदापि अपने कंधों पर ऐसा कोई बोझ ढोने को तैयार नहीं। उसके समक्ष ऐसे सब वाक्य छूछे हैं- घिसे- पिटे 'क्लीशेज' जिनका कोई अर्थ बाकी नहीं। वह मन ही मन उनकी कनपटियों के सफेद बालों को गिनता हुआ कहता है- 'वाह! क्या कहने! इधर अपने भविष्य की खबर नहीं और जनाब सारे देश के भविष्य के लिए ज़िम्मेदार ठहरा रहे हैं।'

उसे लगा उसके दुबले- पतले शरीर पर उन्होंने भीम जैसे किसी भरकम योद्धा का चोला लटका दिया है और वह सरेआम जोकर लगने लगा है। तभी तो उसने कंधे झटककर न कहते हुए भी जैसे कह दिया- "जी हां, कहते रहिये- जारी रखिये अपना भाषण... ज़रा मेरे कंधों का ख़्याल रखना।"

प्रिंसीपल साहब की कचहरी में इस पेशी के पीछे पहले घंटे में घटी वह घटना है जिसके कारण वह आंधे घंटे से उनका भाषण झेलने के लिए विवश हुआ है।

श्रीमती प्रभाकर अपनी वक्तृता शैली से स्वयं ही विभोर होती हुई 'मैकबेथ' के किसी लम्बे स्वगत भाषण की गहराई में डूबती जा रही थी। सारी कक्षा में छाया हुआ सन्नाटा उनकी सम्मोहन शक्ति का प्रमाण माना जा सकता था। नाक पर टिका हुआ चश्मा। गर्दन पर पोनीटेल शैली में कसकर बंधे हुए बालों का उछलता- गिरता गुच्छा रक्तचाप नापने वाली मशीन की तरह उनके मन में उठने वाली लहरों के आरोह-अवरोह को सूचित कर रहा था। सूती साड़ी के फैलाव में डोलती-फिरती उनकी कृश काया कक्षा मंच पर ताल में डोंगी- सी डोलती जाती थी। इस नाटक को कक्षा में पढ़ाते उन्हें पूरे बीस वर्ष हो चुके थे। एक- एक शब्द उनके सामने अनेक दृश्य-परिदृश्य खोल देता था। कुल मिलाकर वह इस नाटक की आत्मा को- मैकबेथ, लेडी मैकबेथ सभी पात्रों की रूहों को किसी आविष्ट माध्यम की तरह क्लास में ले आती थीं। आज भी यही सब हो रहा था। सहसा यही चेतन चौथे बेंच के बीच से उठ खड़ा हुआ और मानो अपना हाथ फैलाकर उसने श्रीमती प्रभाकर की गर्दन ही दबोच ली। 'डंकन इज़ इन हिज़ ग्रेव... और अगला शब्द उनकी जीभ से फिसलकर ऐसे वापिस पेट में चला गया- जैसे रस्सी टूट जाने पर बाल्टी वापिस कुएं में डूब जाए। चेतन लगभग चीखा था- 'स्टॉप दिस रबिश मैडम।'

चश्में के शीशे फांदकर उनकी आंखें उचक कर फ्रेम की रिम से बाहर झांकने लगीं। क्षण भर के लिए सारी क्लास गोल घिन्नी सी घूम गई। उन्हें लगा वह उस असहाय बच्चे की तरह रो पड़ेंगी जिसके हाथों से कोई चील झपट कर उसका छुनछुना ले उड़े।

परन्तु यह आत्मरक्षा का प्रश्न था। सम्भलने से क्षण भर भी चूक जाती तो पूरी क्लास- पचास लम्बे ऊंचे लड़के- शैतानों की जमात- इतने ज़ोर से ठहाका लगाती कि वह औंधे मुंह जा गिरती।

सबकी आंखें चेतन की ओर घूम गईं। वह उत्तेजना से लगभग कांप रहा था। मिसेज़ प्रभाकर ने गरजकर पूछा- "व्हॉट इज़ रौंग विद यू?" परन्तु मुंह से छूटते ही यह प्रश्न बूमरैंग करके खुद उनके सीने में आकर गड़ा और

दूसरे ही क्षण उनके राख हुए चेहरे पर पसीना चुहचुहाने लगा।

क्लास पर तना हुआ गम्भीरता का तम्बू लड़खड़ाकर ऐसे गिरा जैसे ऊपर ही ऊपर उठती पतंग की डोर पर किसी ने पेचा लगाया हो। अब एक ओर श्रीमती प्रभाकर थीं और दूसरी तरफ चेतन। सारी क्लास उत्सुक दर्शकों का जमघट बन गई थी... अच्छा ही हुआ कि इस बीच घंटी बज गई। श्रीमती प्रभाकर तनिक लंगड़ाती हुई लाइब्रेरी की ओर बढ़ीं। आज उनकी चप्पलें अचानक काटने लगी थीं। उधर सारे छात्र चेतन को घेरे हुए कैंटीन की तरफ जा रहे थे। उनकी चाल में एक विशेष तनाव था- एक अनूठी सनसनी थी। वे जानते थे प्रिंसिपल साहब चेतन को कभी भी बुला भेजेंगे। महिला अध्यापिकाएं छोटी से छोटी समस्या लेकर तुरंत प्रिंसिपल के पास जा पहुंचती हैं, यह बात वे खूब समझते थे। वे सब अपनी दोस्ती और एकता प्रमाणित करते हुए चेतन को दिलासा दे रहे थे- "घबराओ नहीं यार... देख लेंगे... पोनीटेल को...।"

श्रीमती प्रभाकर किताबों की बंद अलमारी के शीशे को एकटक देखती स्तब्ध खड़ी थीं... चेतना मुड़- मुड़ कर चेतन के गिर्द घूमने लगती। कितना चुप्पा-सा लड़का। कितना सौम्य। कितना सुदर्शन। अक्सर श्रीमती प्रभाकर किसी दुरूह संदर्भ की व्याख्या करती हुई लगातार उसकी आंखों में देखती रहती थीं- मानो सारी कक्षा का अस्तित्व उसी में सिमट आया हो, या उसकी आंखों में सबकी आंखें। ऐसे अवसरों पर उन्हें लगता कि वह कोई सम्मोहनविद् हैं और क्लास रूम उनका क्लीनिक। सारी क्लास पचास अलग-अलग मन-मस्तिष्क न होकर एक ही व्यक्ति है... अनजान, रुग्ण, सम्मोहित। इस स्थिति की आदत ही हो गई थी। कक्षा में व्याप्त 'पिन- ड्रॉप- साइलेंस' को वह अपनी सफलता के सर्टिफिकेट की तरह लिए चलती थी। आज इस लड़के ने खुल्लमखुल्ला इस सर्टिफिकेट की धज्जियां उड़ा दी थी। लाइब्रेरी में कैटालॉग को एकटक घूरती श्रीमती प्रभाकर की आंखों में आंसू छलक आए। मन में आया इसी क्षण त्यागपत्र लिख डाले।

"स्टॉप दिस रबिश" यह वाक्य किसी क्रुद्ध ऋषि के शाप से कम नहीं था। इसने पलक झपकते उनके महिमामय व्यक्तित्व को कुलबुलाते कीड़े में बदल डाला था। मन ही मन त्यागपत्र उन्होंने कई बार लिखा। एक- एक शब्द कई- कई बार उलटा- पलटा, काटा- छांटा। लाइब्रेरी में त्यागपत्र

लिखने के लिए जो हिम्मत जागी थी वह तीसरी मंज़िल तक सीढ़ियां चढ़ते-चढ़ते हांफने लगी। नौकरी उनके लिए कोई शौक तो नहीं था। अध्यापन को जब चुना तो वह आज की तरह हारी हुई, मोहभंग के दंश से छटपटाती हुई स्थिति में नहीं थी। तब अदम्य उत्साह था। उपयोगी जैसा कुछ करने की ललक थी। अपनी योग्यता पर गर्व और पात्रता पर भरोसा था। प्रभाकर ने भी सहयोग दिया था। कैरियर के प्रति उनकी सजगता को सराहा था। फिर पन्द्रह वर्ष पहले वे जब उच्च अध्ययन के लिए अमेरिका गए तो उन्हें यह तसल्ली थी कि वे एक नौकरीपेशा प्रबुद्ध औरत होने के कारण दो वर्ष की उनकी अनुपस्थिति को सरलता से झेल लेंगी। उन्होंने भी जाते हुए कहा था, "मेरी चिंता मत करना, प्रभाकर। कॉलेज है, विद्यार्थी हैं, मेरा मन लगा रहेगा।" तब उन्हें क्या पता था कि कॉलेज और विद्यार्थी वैवाहिक जीवन के सुख- स्वप्न के भी विकल्प बन जाएंगे। प्रभाकर साहब साल भर बाद एक बार लौटकर ऐसे गए कि अब तक नहीं लौटे।

अमेरिका में अपनी एक सहपाठिनी के मोह- पाश ने उन्हें पत्नी ही नहीं स्वदेश से भी दूर कर दिया। इधर विवाहिता पत्नी का स्वाभिमान था कि जिसने किसी भी समझौते की देहरी पर माथा टेकने से दो टूक इन्कार कर दिया। फिर ज़िन्दगी ने जितनी क्रूरता से उन्हें परखना चाहा, उससे कई गुना क्रूरता से उससे उलझती- जूझती रही। कुछ दोस्त भी मिले, कुछ माधुर्य भी मिला परन्तु पति के व्यवहार से मन जिस तिक्तता से भर उठा था उस तेज़ाबी घोल की तासीर नहीं बदली।... और जिस ज़िन्दगी ने उन्हें तोड़ना चाहा, उसे मुंहतोड़ जवाब देने की हठ में श्रीमती प्रभाकर की यह ओढ़ी हुई आक्रामक, जुझारू मुद्रा ही धीरे- धीरे उनकी पहचान बन गई।

किसी भी सहकर्मी साथी से कक्षा में घटी इस दुर्घटना के बारे में बात करना कठिन था। उनके हाथों में स्वयं ही किसी ऐसी नुकीली बात को थमाया नहीं जा सकता जिसे हथियार की तरह प्रयोग करके वे उनकी बरसों में अर्जित अखण्ड छवि में खरोंचे डाल सकें। सहसा श्रीमती प्रभाकर को लगा कि जिस 'इमेज' को लेकर वह वर्षों इतना सतर्क रही हैं वह सिर्फ कांच का एक खोखला प्रतिरूप था। 'इमेज' कभी भी लोहे का कवच नहीं होती जो किसी को सुरक्षित रख सके। 'इमेज' सचमुच छाया है- एक भ्रांति जिसे ओढ़कर हम चलते रहते हैं- पर नुकीला शब्द, एक खुरदुरा वाक्य, एक टेढ़ी

नज़र, एक कुटिल हंसी कभी भी घात लगाकर हमारी इमेज के इस ओढ़े हुए प्रतिरूप पर कंकड़ भी फेंके तो यह तड़ाक से टूटती है और हम अनावृत हो जाते हैं। फिर जहां भी कुछ उघड़ा वहां आंखों की भीड़ जुतते देर नहीं लगती- आंखें तो स्वभावतः आवरणों के भीतर देखती हैं।

एक बार फिर एक कतरा तरलता श्रीमती प्रभाकर की पुतलियों पर बह गईं। सीढ़ियों के एकदम सामने प्रिंसीपल साहब का कमरा था। एक कमरा छोड़कर फिर स्टाफ रूम। उधर नज़र उठते ही देखा तीन- चार साथी इस ओर आ रहे हैं। उन्हें देखते ही इतनी देर से वह अनिश्चय की जिस रस्सी पर झूल रही थी उसका सिरा झट से टूटा और श्रीमती प्रभाकर सामने आ पड़े दरवाजे में घुसते हुए बोली- "मे आई कम इन सर?"

प्रिंसीपल साहब ने सब सुना परन्तु सुनाते- सुनाते श्रीमती प्रभाकर को सहसा यह लगा कि इस दुर्घटना में घायल होने वाली केवल वह नहीं है। वह लड़का चेतन जिसने उन पर सीधा वार किया था वह स्वयं किसी दुर्घटना का शिकार था। तिलमिलाया हुआ। दुश्मन को सामने न पाकर कहीं भी चोट करने के लिए आकुल। वे ठीक सामने थीं, ठोस और सुस्पष्ट- उसकी मार कर सकने की रेंज के भीतर।

प्रिंसीपल साहब ने जब उनसे यह पूछा- "क्या आप चाहती हैं कि इसे सज़ा दी जाए- " तो उनके भीतर उबलता आक्रोश का उफान एकदम ठण्डा हो गया। वह इतना ही कह सकीं- "जी नहीं। मैं चाहती हूं आप उसे बुलाएं और उससे लम्बी बात करें। हम यह जानने की कोशिश करें कि..."

प्रिंसीपल ने घंटी पर तुरंत अंगूठा दबा दिया और चपरासी को बी.ए. फाइनल के चेतन चौहान को बुला लाने के लिए भेजा।

चेतन ने कमरे में पहुंचते ही श्रीमती प्रभाकर को एक गहरी बींधती हुई नज़र से देखा। फिर दीवार पर किसी अदृश्य बिन्दु पर आंखें टिकाए, छाती पर हाथ बांधे खड़ा हो गया... लगभग वही मुद्रा जो कैलेंडरों में चंद्रशेखर आज़ाद की रहती है। पर आंखों में वह अर्थपूर्ण चुनौती नहीं थी केवल थी एक हठीली अवमानना।

प्रिंसीपल साहब ने बहुत कुछ कहा। मालूम नहीं उसने कितना सुना। परन्तु जब उन्होंने तीसरी बार दोहराया- "देश का भविष्य तुम्हारे कंधों पर है" तो श्रीमती प्रभाकर सहसा उठ खड़ी हुईं और बोली- "सर, उसे जाने

दीजिए। मैं स्वयं निपट लूंगी। थैंक्यू वेरी मच।"

दूसरे दिन जब श्रीमती प्रभाकर कक्षा में आई तो उन्होंने पहली बार हर विद्यार्थी के चेहरे को अलग- अलग देखा। उनके अपने- अपने नाम थे। वे बी.ए. फाइनल जैसी कोई अमूर्त चीज़ नहीं थे... उन्होंने नंगे पांव उस पानी में घुसने का निर्णय कर लिया जो उन्हें और पूरी क्लास को दो टापू बना देता था। सबसे पहले चेतन चौहान पर दृष्टि जाकर रुक गई। देखा, वह चुपचाप सिर नीचे किये बैठा है। उन्हें सायास अनदेखा करते हुए।

"चेतन..."

"यस मैडम..."

"कुछ कहना चाहते हो?"

"मैडम, मैं मैकबेथ नहीं पढ़ना चाहता।"

"क्यों...?"

"आखिर इसका लाभ क्या है? आप बरसों से यही पढ़ा रही हैं... हर रोज़ दस बजे से साढ़े दस बजे तक मैकबेथ में खलनायक को नायक स्थापित करते- करते आपकी उमर बीत गई... मैकबेथ न हुआ तो कुबला खान या फिर डेफोडिल्ज़। हम भला यह जानकर कर भी क्या लेंगे कि मैकबेथ ने कितने खून किए। हाउ विल इट हेल्प अस?"

"देखो चेतन इस बात से कोई अन्तर नहीं पड़ता कि तुम यह किताब पढ़ते हो या कोई दूसरी। साहित्य का अपना महत्त्व तो है..."

"क्या महत्त्व है?"

"फिलहाल इतना ही कि साहित्य एक अनिवार्य विषय है। तुम्हें यह पढ़कर परीक्षा पास करनी है। परीक्षा तुम्हें एक डिग्री देगी। उस डिग्री से जीवन में कुछ अर्जित कर सकोगे।"

"लेकिन ऐसा कुछ क्यों नहीं पढ़ातीं आप जो सचमुच काम आ सके। डिग्री के लिए चार साल ये दो नाटक, कुछ कहानियां, कुछ कविताएं ही पढ़नी ज़रूरी क्यों है? वेस्ट विंड किस समुद्र के ऊपर कैसे बहती है, मैं यह सोचकर क्यों परेशान होऊं? क्या इधर आसपास हवा नहीं है? डैफोडिल्ज़ नज़र नहीं आते तो खिड़की के बाहर फूलों लदे पेड़ों को क्यों अनदेखा करती हैं आप। जब मुझे किसी दूध की डेयरी पर दूध ही बेचना पड़ेगा तो यह साहित्य मेरी क्या मदद करेगा। ऑल नॉनसेंस।"

वह फिर तपने लगा था। एकबारगी श्रीमती प्रभाकर ने भी उस ऊब- का उकताया हुआ चेहरा देखा जिसे आज तक बरबस दबाती आई हैं। क्योंकि पढ़ाना है तो फिर ठीक से पढ़ाना ज़रूरी है... ज़रूरी है क्योंकि और कुछ नहीं कर सकती... इसलिए यही कर्तव्य है- कर्तव्य है या कमाई है। रोटी कमाने का साधन है। वह सहसा हिल गईं।

बीस साल... कौन- कौन आए, चले गए, कुछ याद नहीं पड़ता। वे साहित्य पढ़कर कितने परिष्कृत हुए यह भी उसे मालूम नहीं। बस एक छोटा- सा कालखण्ड था, जब वे उसके पास आए। वह उन सबको जान सकती थी। वे सब उसके अहसासों का हिस्सा हो सकते थे, यह हो सकता था। यह रिश्तों का विपुल वैभव उसे मिल सकता था पर यह नहीं हुआ। हुआ यह कि सालों साल वह 'ट्रू लव' पढ़ाते हुए उस प्रेम की व्याख्या करती रही जो उसकी अपनी ज़िन्दगी में निरर्थक हो चुका था। न कभी उसे जाना न जीया। कवियों या दार्शनिकों के अनुभवों की रंगीन थिगलियों को जोड़- जोड़ कर जीवन का एक फलसफा बनाया। ओढ़ा, लेकिन आत्मा वैसी ही दीन बनी रही... लीरें ओढ़े भिखारिन जैसी। प्रयत्न किया तो बस इतना कि वे चुपचाप सुनते रहें- अभिभूत। क्लास में घुसते ही अपने तने हुए चेहरे से घोषणा जैसी करती... "I am Sir Oracle, and when I ope my lips let no dog bark.[1]" और कल वह दुर्घटना घटी जब यह सिद्ध हो गया कि वह सिर्फ भौंक रही थी उससे कहा गया 'डोंट बार्क'। देखते ही देखते श्रीमती प्रभाकर को लगा उनकी जगह एक टेपरिकॉर्डर पड़ा है और बटन पर चेतन की उंगली। श्रीमती प्रभाकर ने कुछ अनमने से चेतन के प्रश्न का सिरा पकड़ा।

"देखो चेतन... साहित्य का कोई ठोस उपयोग नहीं है... जैसे गैस सिलिंडर का। फिजिक्स या कैमिस्ट्री की तरह तुम इसे इस्तेमाल नहीं कर सकते। पर साहित्य पढ़कर तुम जीवन को कुछ अधिक गहराई से समझ सकते हो- यह अधिक समझ साहित्य ही देता है। फिर चाहे वह किसी भी भाषा में हो, किसी भी देश का हो।"

"मैडम आपने साहित्य पढ़ा है- पर क्या आप जीवन को अधिक समझती हैं? किस जीवन को? क्या मैं जीवन नहीं हूं? जानती हैं, जब आपने पिछले वर्ष हाजरी कम होने के कारण मेरा दाखला रोकने की ज़िद की

---

1. यह पंक्ति शेक्सपीयर के मर्चेंट आव वैनिस से है।

थी। मेरे पापा उन दिनों दफ्तर की ज़रूरी फाइलें गायब कर देने के केस में सस्पेंड हो गए थे। मम्मी और पापा दिन- रात झींकते रहते थे। मैं उस घर में नहीं रहना चाहता था। मुझे उनके कारण शर्म आती थी। मैं पूरा महीना नानी के पास गांव में पड़ा रहा। मैंने आपको बताना चाहा था... जानती हैं आपने क्या कहा था?"

श्रीमती प्रभाकर ने नाखूनों से नज़र हटाकर छटपटाते हुए से चेतन को देखा- "आपने कहा था, तुम्हारे घरेलू पचड़ों से मुझे कुछ लेना- देना नहीं, मुझे पचहत्तर प्रतिशत हाजरी चाहिए... अब तुम जा सकते हो..." मेरे जीवन का धधकता हुआ अंगारे सा सच आपको पचड़ा लगा था- मैकबेथ की समस्या आपको सच लगती है- वह सच है- मैं झूठ। कब्रों में दफन मुर्दे सच हैं- यह ज़िन्दा क्लास कब्रिस्तान। ठीक है ना?"

क्षण भर के लिए श्रीमती प्रभाकर के पांवों के नीचे धरती ने करवट बदली परन्तु उन्होंने लड़खड़ाहट दबाकर कहा- "तुम क्या चाहते हो चेतन?"

"मैं नहीं जानता मैडम... पर लगता है मैं बहुत कुछ कर सकता हूं। भीतर बारूद सा पड़ा लगता है। एक के बाद एक क्लास में जाना- घंटों चुपचाप बैठे सुनते रहना, लगता है एक षड्यंत्र हो रहा है मेरे खिलाफ। सब मिलकर मुझे नकारा बनाना चाहते हैं। कोई नारा लगाता है तो बारूद में चिंगारी सी पड़ती है। लगता है हम चीख- चीख कर क्रांति ला देंगे। दुनिया बदल डालेंगे। जब आग बुझती है तो देखते हैं कि यह लड़ाई हमने इसलिए लड़ी कि कैंटीन में दस बैंच और लगवाए जाएं- हर सप्ताह कॉलेज में फिल्म दिखाई जाए, बस। हमारे नेता जिनके लिए हम मर जाना चाहते थे, वे सियारों की तरह हुआ- हुआ करते जंगलों में भाग जाते हैं।"

"मैडम... आप हमें देशभक्ति क्यों नहीं सिखाती?"

"चेतन क्या तुम्हें या हम सभी को सहज ही अपने देश से लगाव नहीं है?"

"मैडम मुझे समझ नहीं आता देश क्या है- राष्ट्र किसे कहते हैं- मैं अपने तौर पर उसके लिए क्या करूं। एक पर्व की तरह कोई दिन आता है, तमाम लोग किसी नेता की आवाज़ में आवाज़ मिलाकर देशभक्ति की कसमें खाते हैं... कुछ मील दौड़ लगाकर लौट आते हैं, फिर देश सिमटते- सिमटते एक कुर्सी जितना हो जाता है।"

श्रीमती प्रभाकर के मन में एक आवेग सा उमड़ा कि जाकर चेतन के तमतमाए हुए चेहरे को छू ले। सारी क्लास दम साधे उसे सुन रही थी- स्तब्ध भी। परितुष्ट भी। वह कहे जा रहा था...

"मैं भक्तसिंह बनना चाहता हूं। पर समझ नहीं आता मेरा दुश्मन कौन है? मैं किसके लिए लड़ूं? वे लड़े तो बहादुर कहलाए। मैं लड़ता हूं तो विघटनकारी कहलाता हूं। मुझे कोई बड़ा लक्ष्य दो, जो मुझे बहादुर बनाए। मन में आता है कंधे पर बंदूक रखे दूर सीमाओं की ओर चला जाऊं।... कितनी सड़ांध है यहां..." आई वांट टु लिव डेंजरसली।"

मिसेज प्रभाकर के हाथ उनके भीतर कहीं दूर फैल रहे थे... क्या उनमें भी कहीं वह आग बाकी है जो इन्सान को हर समय किसी अज्ञात कुछ की तलाश में भटकाती है? अज्ञात जो मौजूदा यथार्थ से कहीं ऊंचा, पवित्र और सुन्दर हो। उन्हें अपनी ज़िन्दगी के वे तमाम डरे हुए, चौंके हुए, चमकीले क्षण घूरते दिखाई दिए जब उनके भीतर का ताप बार- बार उन्हीं से पूछता रहता था- मैं क्या करूं? पढ़ाकर आ गई... अब? झाड़ू लगा लिया, अब? सब्ज़ी कट गई, बन गई...खा ली...अब? वह ताप जो इन छोटी- छोटी बातों में खर्च न होकर बचा रहता था और मांगता था कुछ और बड़ा, और कठिन, जोखिमों से भरा काम। ऐसी ही इच्छा...टु लिव डेंजरसली। चेतन के भीतर आज वही आग संस्कार मांग रही है जो आग उनके अपने भीतर धीरे- धीरे बुझकर राख हो गई है।

मिसेज प्रभाकर याद करके सिहर उठीं। उन्हें याद हो आए साइकैटरिस्ट के साथ बीते लम्बे सैशन। प्रभाकर को पिता बनने की जल्दी नहीं थी। वे स्वयं उनके साथ चुपचाप किसी क्लीनिक में गर्भस्थ शिशु को बंद बोतल में खून के कतरों में डूबता- घुलता देखकर जब घर लौटीं तो फिर शुरू हुआ सूखे का एक ऐसा दौर जो हर कोंपल को चाट जाता है। धरती दरक- दरक कर टूटी। बाहर से सपाट, सीधी, खामोश ज़िन्दगी और भीतर का भयानक कुहराम। छो छोरों पर खिंची हुई ज़िन्दगी...फिर वे तनाव की मरीज़ घोषित कर दी गई थी... उनकी आग को भी संस्कार नहीं मिल रहा था।

मिसेज प्रभाकर को लगा संस्कार देने का यह दायित्व अब उन पर आ पड़ा है। इस बार वे चूकीं तो फिर इस अपराध से कभी उबर नहीं पाएंगी। कक्षा के अन्य विद्यार्थियों को छुट्टी देकर वे चेतन के समीप आकर बोलीं-

"देखो चेतन, हर युवक तुम्हारी उम्र में ऐसे ही सोचता है। तुम अकेले नहीं हो।"

चेतन ने फिर उन्हें टोक दिया।

"अकेला हूं मैं, आप नहीं जानती मैं कितना अकेला हूं... सचमुच अकेला। किसी से बात तक नहीं कर पाता।"

सहसा उसकी बात की बर्छियां बादलों में घुस गईं।

"मैडम प्यार भी कुछ नहीं होता...सब बकवास है...धोखा है..." न जाने क्यों वह यह बेतुकी बात कह बैठा। श्रीमती प्रभाकर ने चौंककर उसे देखा।

"ऐसा न कहो चेतन... तुमने अभी ज़िन्दगी देखी ही कहां है..." यह कहते हुए उनकी आवाज़ बरसाती दरवाज़े की तरह भारी हो गई। "क्यों नहीं देखी। मेरी मम्मी ने पापा से प्रेम- विवाह किया था। मेरी बहिन ने किसी लड़के के प्रेम में हताश होकर आत्महत्या कर ली थी। प्रेम ऐसा ही उत्पीड़क क्यों होता है...क्या प्रेम सिर्फ इतना ही होता है...ऐसा शायद नहीं होता...मैं हमेशा आपसे बहुत कुछ कहना चाहता रहा...बहुत गहरा. .. यह मांग भी शायद प्यार ही होता है। परन्तु आपके चेहरे पर खुदा हुआ पथरीला ठण्डा इन्कार देखकर एक प्रतिहिंसा जागती रही। चाहता रहा कि इस चेहरे को चूर- चूर कर दूं...आखिर ज़िन्दगी के सभी सवाल जो आप उठाती, सुलझाती हैं, मुझसे अधिक ज़रूरी क्यों होते हैं...।"

मिसेज़ प्रभाकर ने बरबस चेतन के माथे को सहलाते हुए कहा...

"चेतन तुम मुझसे कभी भी, कुछ भी कह सकते हो। कहीं भी... हम दोनों को एक- दूसरे की ज़रूरत है।"

श्रीमती प्रभाकर ने महसूसा कि उनका हर छात्र एक रोल नम्बर न होकर ऊर्जा का एक उत्स है। उनके और इनके बीच का रिश्ता रस्सी के टुकड़े से बांधा हुआ जुड़ाव नहीं है। यह रिश्ता बिजली की नंगी तार से जुड़ा है। दोनों सिरों पर जुड़े तभी प्राणवान है। ऊर्जा के इस संचार को उन्होंने अपने भीतर बहते पाया।

चेतन ने आस्तीन से आंखें पोंछते हुए ऊपर देखा...

"तुमने मुझे एक दूसरे ब्रेकडाउन से बचाया है चेतन..." और उन्होंने उसके दोनों हाथ पकड़कर दबा दिए...जैसे एक प्रामिस उसे थमा दिया हो।

बरसों से चला आ रहा गर्दन का वह तनाव जिससे उन्हें स्पौंडेलाइटस का भ्रम होता था, क्षण भर में काफूर हो गया।

बिल्लियां

ड्राइंगरूम में आते हुए बाबूजी आदतन नज़रें झुका लेते हैं। ऐसा नहीं कि वे खाने से पहले "या देवी सर्वभूतेषु क्षुधारूपेण..." जप रहे होते हैं। वे तो बस दरवाज़े के सामने वाली दीवार से आंखें बचा रहे होते हैं। जैसे ही वह दीवार पीठ पीछे चली जाती है, वे आश्वस्त होकर अपनी तयशुदा कुर्सी पर बैठ जाते हैं। अब जो दीवार सामने है उससे आमना- सामना होने में कोई भय नहीं, कोई खतरा भी नहीं। वह तो केवल दीवार है। लेकिन जिस दीवार से वह नज़रें बचा रहे होते हैं एक वही दीवार ऐसी है जो केवल पत्थर- गारे की चिनाई नहीं है। वह धीरे- धीरे सांसें लेती हैं। दम साधे खड़ी रहती है। बाबूजी से आंखें मिलते ही अंधेरे में बिल्ली की आंखों की तरह कौंधती है और किसी अपशकुन की तरह रास्ता काट लेती है। फिर खाना तो क्या दिन भर का चैन चौपट हो जाता है।

कभी- कभी बाबूजी अपने इस बेपेंदे डर से परेशान भी हो जाते हैं। आखिर ऐसा भी क्या है? क्यों नज़रों में नज़रें डालकर नहीं देख लेते एक बार? अपने बूते, अपने हाथों एक- एक ईंट चिनवाई है इस घर की। सब दीवारें उन्हें अभयदान देती हुई दृढ़ता से खड़ी हैं। सिर्फ यही एक दीवार नज़रें पड़ते ही काली बिल्ली बनकर गुर्र- गुर्र करने लगती है। बाबूजी अपने भय के समर्थन में कई तर्क जुटाने लगते हैं, जैसे कि नैपोलियन जैसा व्यक्ति भी बिल्ली से बहुत डरता था। या कि जैसे कई लोग चूहे को देखते ही संतुलन खो बैठते हैं या कौकरोच देखकर छलांगें लगाने लगते हैं... आदि- आदि।

कल जब किटी छोटा- सा बलूंगड़ा (बिल्ली का बच्चा) उठाए रसोई के दरवाज़े पर खड़ी होकर सासु मां से कटोरी भर दूध मांग रही थी तो बाबूजी झट से अपनी लाइब्रेरी से बाहर आ गए थे। किटी बिल्ली की नरम पीठ पर

हाथ फेरते हुए कह रही थी..."हाऊ क्यूट- हाऊ क्यूट" और तभी बाबूजी किसी अनिष्ट की आशंका से अवश होकर किटी के हाथ पर झपट पड़े थे। बलूंगड़ा किटी के हाथ से नीचे लुढ़क गया और म्याऊं- म्याऊं करता हुआ कहीं सरक लिया था। किटी कह रही थी..."मैं इसे पालूंगी" और बाबूजी उसे इस तरह देख रहे थे जैसे वह धर्म बदल लेने का सार्वजनिक एलान कर रही हो।

वे धीरे- धीरे अपने कमरे में लौट आए थे और कुछ हैरान से थे कि उनका हाथ ऐसा बेकाबू कैसे हो गया। बहू के सामने मर्यादा का उल्लंघन कैसे कर बैठा उनका अपना अनुशासित हाथ।

किटी पांव कुछ अधिक ज़ोर से पटकती हुई अपने बेडरूम में घुस गई। खीझकर गहरी सांसें लेती हुई कि कैसे पूर्वाग्रह ग्रसित लोगों के बीच आ फंसी है उसकी ज़िन्दगी। ससुर के सामने क्यों चीखकर नहीं कहा उसने- "मुझे अपने शौक पूरा करने का पूरा हक है।" कैसे सह लिया उसने वह मूक प्रहार।

ब्याह के पहले बरस पति के साथ रहते हुए उस बीहड़ प्रान्त में किटी के पास लम्बा खाली समय रहता। पति सुबह ही काम पर निकल जाते और लौटने तक शाम ढल जाती। कॉलेज और साथी- संगियों का साथ छूटे अभी अधिक समय नहीं बीता था। गृहस्थी के दायित्वों की जकड़न भी कसी नहीं थी। बहुत अलसाये हुए से दिन थे। ऊंघते- जागते। धीरे- धीरे अपने नए किरदार को समझने और उसमें उतरने की छोटी- छोटी कोशिशें कर रही थी किटी। ऐसी ही एक कोशिश के तहत उसने जूट के एक टुकड़े पर कुछ कसीदा करने की बात सोची। हो सकता है अब भी कहीं मन में मासी के वे शब्द कुन- मुन करते हों जो उसने अपने घर की बैठक में अपनी होने वाली सास के सामने सिर झुकाए हुए सुने थे- "इतना पढ़ने- लिखने के बावजूद घर के कामों में बहुत रुचि रखती है किटी। सिलाई- कढ़ाई- बुनाई सबमें निपुण है।"

गर्मियों की सूनी, लम्बी दुपहरी में घड़ी टिक- टिकाती रहती और किटी नहाई- धोई, डियोडोरेंट की सुवास में डूबी- डूबी जूट के रेशों में काले डोरे घुमाती रहती। कुछ ही दिनों में जूट के उस टुकड़े पर से दो काली बिल्लियां अपनी नीली- हरी- आंखों से टुकुर- टुकुर झांकने लगीं। ऐसे सीधे बेबाक

देखती हुई कि मानों आंखें मिलते ही गुर्र- गुर्र करने लगेंगी। गर्मियों की छुट्टियों की उपलब्धि स्वरूप बिल्लियां लौटीं। किट्टी ने लकड़ी के सुन्दर चौखटे में मढ़वाकर उन्हें सजा दिया। न जाने क्या सोचकर उसने डाइनिंग रूम की इस दीवार को ही सर्वाधिक उपयुक्त पाया।

बाबूजी 'या देवी सर्वभूतेषु...' कहते हुए जैसे ही डाइनिंग रूम में घुसे, उनकी पहली नज़र जैसे बिल्लियों ने बांध ली। काली डोरी से उकेरी गई वे बिल्लियां कुछ ऐसी जीवंत लगीं कि बाबूजी को आभास हुआ मानों वे अभी कह देंगी... 'म्यांऊ'। उस दिन वे खाना नहीं खा पाए। लगा जैसे बिल्लियां उन्हें नज़र से बांधे उनके हर निवाले को भूखी आंखों से ताक रही हैं।

उन्हें पता था यह किटी की कलाकृति है। उसे आहत किए बिना इन्हें इस कमरे से नहीं हटाया जा सकता। "ये मनहूस बिल्लियां यहां से हटाओ- " पत्नी से यह कहना जितना आसान था बहू से यही कहना उतना ही कठिन। बहू पढ़ी- लिखी आधुनिक लड़की थी। कुलीन थी। कला अभिरुचियों से बखूबी परिचित। उसके आने से घर की साज-सज्जा, रख- रखाव में कई परिवर्तन आए थे। बाबूजी देखते थे कि उन्हें कुछ अनुकूल, कुछ प्रतिकूल भले ही लगे, बाकी सभी सगे- सम्बंधी, मित्र-बंधु बहू की अकूत प्रशंसा किया करते। सौंदर्य बोध का एक नया आयाम उसने इस मध्यवर्गीय पारिवारिक परिवेश में जोड़ा था।

बाबूजी जब भी कभी पत्नी से अपनी पसंद या नापसंद की बात करते वह हर बार यही कहकर बात टाल देती- "कर लेने दो जी। जो जी में आए करे। हमारे दिन तो अब लद गए। इनका ज़माना है। इनका घर- बार है। कहते हैं ना- जेड़ा ध्याड़ा, तेड़ा बरतारा- यानि समय के अनुकूल बर्ताव।"

बाबूजी को पत्नी की इस प्रवृत्ति पर कभी तो आश्चर्य होता है, कभी क्रोध आता है। वही पत्नी जो उनकी पसंद के साथ कभी आसानी से सहमत नहीं हो पाती थी, जो अपनी बात से कभी टस से मस नहीं हुई, वही बहू और बेटे की अनुकूलता के साथ कितनी आसानी से ढल जाती है। कहां से आता है यह लचीलापन? सहनशीलता, उदारता, स्वीकार या फिर स्त्रीसुलभ व्यावहारिकता? कभी- कभी तो वे भीतर ही भीतर तमतमा कर रह जाते। उन्हें लगता यह एक तरह की चालाकी है। सत्तापक्ष से समझौता कर लेना ... पर फिर वे रुक जाते। तो क्या वे भी यह मान रहे हैं कि घर में भी सत्ता

का हस्तांतरण हो चुका है? रिटायरमेंट के साथ ही उनके सिंहासन पर बेटे-बहू का राज्याभिषेक कब और कैसे हुआ, उन्हें तो पता ही नहीं चला। हां, केन्द्र में बदली हुई सरकार का आभास उन्हें घर की बदल रही नीतियों और कार्यक्रमों में जब- तब होने लगा था। कभी हनुमानजी के कैलेंडर की जगह पवन वेग से दौड़ते हुए घोड़ों ने ले ली। कभी तानपूरे पर झुकी मग्न मीरा के स्थान पर कोई मांसल सांथाली आ विराजी। गेंदे और चम्पा की क्यारियों में कैकटस विलसने लगे। गौरी गैय्या का गऊग्रास पालतू कुत्तों में बंटने लगा। कुछ फर्नीचर नौकरों के कमरों को शोभायमान करने लगा और कुछ बरसों की जानी- पहचानी अपनी- सी चीज़ों ने अपने अस्तित्व की रक्षा के लिए बैकयार्ड में शरण ली। बाबूजी ने हर परिवर्तन की फाइल पर अपनी अच्छी या बुरी टिप्पणी दर्ज की और हर फाइल मुंह पर फीता बांधे चुप लगा गई।

बाबूजी देखते और कभी- कभी बनियान उतारते हुए या कमीज के बटन बंद करते हुए बुदबुदा देते- "old order changeth..." वे उन दिनों में पहुंच जाते जब शैली की 'वैस्टविंड' पढ़ते हुए उन्हें भी अपने भीतर सर्वध्वंसकारिणी एक प्रचण्ड आंधी की पदचाप सुनाई देती थी। फिर वे स्वयं ही उसके आवेग से थककर शिथिल और त्रस्त होकर बैठ जाते और एक लाचार सा अर्थानुभव उनके हाथों में कांतिहीन पत्थर की तरह चुभता रहता- परिवर्तन कर पाना और परिवर्तित हो जाना- इन दो स्थितियों के बीच का अंतर ही यौवन और जरा का अंतर है। तर्क को कुछ और आगे ले जाते तो लगता पत्नी ने तो सर्वथा हार मान ली है क्योंकि औरतें जल्दी बूढ़ी हो जाती हैं। लेकिन वे स्वयं? वे अभी हार नहीं मानेंगे। सामना करेंगे आखिरी दम तक।

दूसरे दिन किटी ने देखा बिल्लियों को डाइनिंग रूम की दीवार से पदच्युत करके बाहर गैलरी में स्थान दिया गया है। जूतों वाले रैक के कुछ ऊपर। यह भी कोई जगह हुई? दरवाज़ा खुले और स्वागत में जुड़े हाथों की जगह बिल्लियों के पंजे नज़र आए। आव देखा न ताव उसने उन्हें वहां से भी उतारा और प्रतिकार स्वरूप बाबूजी के बैडरूम के दरवाज़े से कुछ हटकर टांग दिया।

बाबूजी वहां से गुज़रे तो 'बाबूजी पाय लागूं' की तर्ज पर कोई जैसे

आते- जाते कहने लगा, “बाबूजी, म्यांऊ- म्याऊं।”

बाबूजी उसी दिन बाज़ार से एक लोकप्रिय, लोक मनभावन पेंटिंग का प्रिंट लेकर आए और डाइनिंग रूम की खाली पड़ी दीवार पर टांग दिया। हल्की क्रीम रंग की दीवार पर फूलों का गुलदस्ता महक उठा। बाबूजी को कुछ सार्थक सा कर पाने का संतोष हुआ। डिनर के समय किटी की नज़र पड़ी। स्वतः नाक सिकुड़ गई...“हाऊ कॉमन।” दूसरे दिन वह प्रिंट बाथरूम में पहुंच गया।

बैडरूम की तरफ आते हुए बाबूजी अभ्यासवश जपते हुए आते...“या देवी सर्वभूतेषु निद्रा रूपेण संस्थिता...” और दोनों काली बिल्लियां उनकी नींद पर झपट्टा मार कर गुर्र- गुर्र करने लगती।

बिल्लियां उन्हें सदा से संस्कारवश अशुभ और अमंगलकारी लगती हैं। मक्कार, धूर्त, चालाक, लिंबड़ी और लालची। बचपन में मां कभी- कभी छोटी बहिन को ‘लिंबड़ी बिल्ली’ कहकर डांट लगाती थी क्योंकि वह खाने की चीज़ों के इर्द- गिर्द डोलती रहती थी। किसी भी निरीह प्राणी पर कैसे तो झपटती है बिल्ली। चोरटी कहीं की। चोरों की तरह दबे पांव चलना। घात लगाकर हमला करना। उनके ताऊजी से सुना था उन्होंने...“बिल्ली आंखों वाली औरत का भरोसा नहीं होता। चंचल, लुभावनी परन्तु दगाबाज़।” पता नहीं क्यों सभी उनकी मां की चाल की तुलना बिल्ली की चाल से करते हैं। इतनी धीमी, सुकुमार कि चले तो आहट तक न हो- बिल्ली की तरह। वे चाहते हैं सारे उपमान बदलकर रख दें। अपनी दिवंगता मां की किसी भी स्मृति के साथ बिल्ली जैसी कुलच्छणी को न जोड़ें।

जब इंटर में पढ़ रहे थे, उन्हीं दिनों एक फिल्म देखी थी। उसमें काला जादू करने वाले जादूगर की मेज़ पर बैठी हरी आंखों वाली बिल्ली आज भी जब याद आती है तो पल भर के लिए सांस रुक जाती है। कहां तो कहा जाता था कि खाना परदे में खाना चाहिए। भली- बुरी नज़रों से बचाकर और कहां अब डाइनिंग रूम में सम्मानित पुरखों की जगह डटी हुई हैं ये कलूटी बिल्लियां।

बाबूजी ने हठात् निश्चय किया कि बिल्लियां इस जगह से हटेंगी नहीं तो वे सबके साथ मेज़ पर बैठकर खाना छोड़ देंगे। पत्नी के सामने यह घोषणा की तो वह उल्टे उन्हीं पर बरसने लगीं- “इसे ही कहते हैं सठिया

जाना। बिल्कुल बच्चों जैसा स्वभाव हो गया है आपका। बालहठ करने लगे हैं इस उम्र में आकर। छोटी- सी तस्वीर इतने प्यार से बहू ने बनाई है। तारीफ करना तो दूर, घर में कुहराम मचा रखा है इसे लेकर। खबरदार जो और कोई बावेला मचाया। जहां है, वहीं रहने दें इसे... क्या फर्क पड़ता है. ..बड़ा वही जो मन मारे।"

कोई कुछ भी कहे, अपनी नींद और भूख में ऐसी घुसपैठ वह कैसे सहें? घर में इतनी अवहेलना हो तो व्यक्ति की अस्मिता बचेगी कैसे? बाबूजी ने दूसरे दिन बिल्लियां हटाईं और बच्चों के कमरे में टांग आए। इस बार तो पत्नी सरेआम बहू के खेमे में शामिल हो गई।

"बच्चों के कमरे में काली बिल्लियां? मति मारी गई है क्या आपकी? कहीं रात को डर जाएं तो?"

एक बारगी मन में आया, पत्नी के हाथ पकड़कर गिड़गिड़ाएं "अरे तुम भी नहीं समझोगी? मैं भी बिल्लियों से डर जाता हूं... अंधेरे में ही नहीं, उजाले में भी।" यह भी मन में आया कि बिना किसी से कुछ भी कहे चुपचाप इसे उतारें और लकड़ियों वाले कमरे में छुपा कर रख दें। आखिर यह रामायण, महाभारत, गीता, कुरान या जपुजी साहब जैसी कोई पवित्र कृति तो नहीं जिसे महाप्रलय से बचाना ज़रूरी हो या राजा रवि वर्मा का कोई पुश्तैनी चित्र है जिसे धरोहर की तरह सुरक्षित रखा जाना ज़रूरी है। फिर एक दूसरा भाव आया कि कला को नष्ट करना अपराध ही नहीं वहशीपन और कायरता भी है।

बाबूजी कुछ शर्तों पर अपनी बात रखना चाहते हैं। मान लें कि डाइनिंग रूम में फूलों के गुलदस्ते का चित्र फूहड़ अभिरुचि दर्शाता है और यदि वहां जानवर ही सजाए जाने हैं तो गाय और हिरण जैसे भोले और वात्सल्यमय पशु क्यों नहीं? बाबूजी धीरे- धीरे समझने लगे हैं कि ये सब अब फैशन में नहीं है। विश्वास और भोलेपन की जगह संशय और चालाकी ने ले ली है। शायद इसीलिए फैशन में हैं बिल्लियां।

बाबूजी बहुत कुछ कहना- सुनना चाहते हैं परन्तु गृहस्वामी की मर्यादा आड़े आती है और वे चुप लगा लेते हैं।

फिलहाल बिल्लियां बच्चों के कमरे से भी हटा ली गई हैं और अब वे लाइब्रेरी की शोभा बढ़ा रही हैं। अब बाबूजी डाइनिंग रूम के लिए फलों का

चित्र ले आए हैं ताकि बहू का घायल मन कुछ तो शांत हो। बहू ने देखा तो फिर टिप्पणी की- "यह घर है या कुंजड़े की दुकान।" बाबूजी चुप रहे। बहु-बेटियों से खुल्लम- खुल्ला विवाद करना शोभा नहीं देता।

वाक्‌युद्ध की जगह शीतयुद्ध चल रहा है। बिल्लियां सचमुच कपट चाल चल रही हैं। बिल्ली का वैभव हमारी संस्कृति का पराभव है। यह हमारी अभिरूचियों में पाश्चात्य हस्तक्षेप का द्योतक है। बाबूजी इस धर्मयुद्ध में अर्जुन की तरह विषाद मग्न खड़े हैं। किस पर शस्त्र उठाएं? शत्रुपक्ष में उनके अपने ही बाल- बच्चे हैं। लाइब्रेरी जो उनका अभयारण्य थी आज जब सुबह 'सर्वमंगल मांगल्ये...' जपते हुए वहां घुसे तो सन्न रह गए। नारायणी भगवती सरस्वती की जगह वही कुलटा बिल्लियां मूंछें निपोर रही थीं। उनका चेहरा निष्प्रभ हो गया। घायल सन्नाटे से घिरा हुआ वह चेहरा, घुटी हुई चीखों से विकृत वह चेहरा... नहीं, अब और नहीं...बाबू जी के हाथों से गाण्डीव छूट कर गिर पड़ा।

कौन जीता कौन हारा? यह बताने वाला कोई शेष नहीं। बिल्लियां अपनी जगह लौट आई हैं शाश्वत सत्य की तरह घूरती हुई- भयहीन। बाबूजी उनकी ओर पीठ किए चुपचाप खाना खा रहे हैं।

मानसिक रोगी

उसने मुझे आंख के इशारे से कुछ भी कहने से वर्जित कर दिया। मैं अपने आधे कहे वाक्य को सम्भालती हुई फिर से उनके आगे नमकीन की प्लेट घुमाने लगी। जैसे ही उसके पति के आगे पहुंची उसने फिर टोक दिया, "इन्हें रहने दें, इनकी तबीयत ठीक नहीं है।"

"अरे? क्या बात है? मुझे तो मनोज अपनी उम्र से दस बरस छोटे लग रहे हैं।"

इस बार उसने मेरा दुपट्टा खींचकर मुझे फिर टोक दिया। मैं भी झुंझला गई। सोचा मुझे ही क्या पड़ी है आवभगत के नियम निभाने की। मैं रसोई में चली आई थी। उन्हें वहीं छोड़कर...।

परन्तु मेरे पीछे- पीछे वह भी वहीं चली आई। मैं अपने लिए चाय छान रही थी। बिना पूछे ही वह बोली- "ये मानसिक रोगी है..."

"क्या...?" मैं उसे ताकती रह गई। हाथ हिल जाने से गरम चाय के छींटे दूसरे हाथ पर गिर पड़े थे।

"हां, डॉक्टर ने पर्ची में बीमारी का यही नाम लिखा था। दो महीने से यही इलाज चल रहा है।"

मेरी सारी दया, ममता उसके लिए उमड़ आई। क्या- क्या सहेगी बेचारी? पहले क्या कम सहा था उसने।

"तुम कैसी हो? अब तो और भी परेशानी..." उसने मेरा हाथ धीमे से दबाते हुए कहा- "नहीं, अब सब ठीक हो गया है। अब ये कुछ नहीं करते। बैठे रहते हैं चुपचाप। मेरी तरफ ताकते रहते हैं। 'मीना'- 'मीना' कहते हुए सुबकने लग पड़ते हैं कभी- कभी।"

"फिर काम- धंधा कैसे चलता है, मीना?"

"ऐसे तो ये सब कुछ कर लेते हैं। हां, लेकिन रुपया- पैसा अब मैं ही अपने पास रखती हूं। रिकी होशियार है। सब संभाल लेता है।"

"हिम्मत रखो मीना। भाग्य की बात है वरना..." मैंने उसके हाथ पर अपने हाथ की पकड़ कसते हुए कहा। मुझे लगा था कि शायद उसे हिम्मत की आवश्यकता है।

"सच कहती हूं भगवान का लाख- लाख शुक्र है..."

मैंने चौंककर उसकी ओर देखा।

"भगवान का शुक्र है कि वे दिन निकल गए। अब तो मैं सुखी हूं" मुझे उसके सुख ने अचरज में डाल दिया था।

"बड़ा चैन है... जब से ये मानसिक रोगी हुए हैं..."

"मीना, क्या कह रही हो तुम?" मैं यह सोचकर डर गई थी कि कहीं वह स्वयं किसी मानसिक आघात का शिकार तो नहीं? परन्तु वह बहुत शांत थी। धीरे- धीरे मुस्कुरा भी रही थी।

"चलो, अंदर चलें। नहीं तो ये भी यहीं आ जाएंगे।"

...और मैं उसके पीछे- पीछे बैठक में चली आई थी। उसका पति चुपचाप एशट्रे में सिगरेट की राख झाड़ रहा था। उससे आंख मिलते ही बोला- "चौथी पी रहा हूं। डॉक्टर ने कहा है दिन में पांच पी सकता हूं।"

दो- तीन घंटे बैठे रहे थे वे लोग। इधर- उधर की कई बातें चलती रही थीं। मनोज को मैं आज भी वैसा ही देख रही थी जैसा दस बरस पहले देखा था। स्वभाव में वही खुलापन। बातचीत में वही बेबाक गर्मजोशी। रह- रहकर मेरे दिमाग में एक शब्द बजता और कुछ देर गूंजता रहता- 'मानसिक रोगी'- मैं चौंक कर उसे देखने लगती। मेरी चौकन्नी दृष्टि जब भी मीना की आंखों से उलझती, मैं देखती वह मनोज को घूर रही है। आंखों में तिर्यक वर्जना। उससे आंखें मिलते ही मनोज एशट्रे को गोल- गोल घुमाने लगता। अचानक बातचीत कहीं आकर रुकती तो कमरे में ब्लोअर की धीमी- धीमी आवाज़ तिरने लगती और हवा फिर उसी एक शब्द को धुनने लगती- "मानसिक रोगी"।

इस बार दोनों साथ आए थे तो होटल में ही ठहरे थे। पिछले वर्ष मीना अकेली आई थी। जब वह पहुंची थी तो मैं घर पर नहीं थी। घर पहुंचते ही समीर ने मुझे बेडरूम में बुलाकर कहा था- "देखो ऋचा, इसकी हालत ठीक

नहीं है। शी नीडज़ सिम्पेथी एण्ड अंडर स्टैंडिंग... ओ.के? प्लीज़ डू लैट हर फील एट होम..." समीर ने मेरी भूमिका मुझे थमा दी थी। फिर उन्होंने तनिक अतिरिक्त आग्रह से मुझे देखा था। बिना कहे भी यह कहते हुए... "फॉर माई सेक- प्लीज़।"

मीना को न जाने कितनी सहानुभूति और समझ की ज़रूरत थी। रात-दिन उसकी उपस्थिति मेरे धैर्य को तोलती रहती। पूरा महीना मेरा बड़प्पन इस अग्नि परीक्षा से गुज़रा। कभी तो मेरी सारी खीझ समीर को सामने पाकर एकदम तिड़क पड़ती- "एक हद होती है, यार..." फिर समीर की स्थिति देखते हुए मैं चुप कर जाती। वे मुझे बहलाने का यत्न करते हुए कहते- "और कुछ न सही कम से कम एक कहानी का मैटर तो जुटा ही लोगी..।" "भाड़ में जाए कहानी। कहानी लिखना एक बात है- पर कहानी के साथ निभाना? तौबा...।"

और मैं फिर वही स्नेहसिक्त सहानुभूति तश्तरी में परोसकर मीना के आगे ले जाती।

"भूलने की कोशिश करो, मीना। लो यह जलेबी खाओ। तुम्हें पसंद है न? गरम- गरम मंगवाई है..." कहते हुए मुझे मीठी जलेबी से टपकती हुई चाशनी की चिपचिपाहट परेशान करती रहती..."अब खा भी लो ना मीना। नहीं तो कपड़ों पर टपकेगी..." और मैं स्वयं जलेबी उसके मुंह में डाल देती। फिर स्वयं हैरान होती। यह सब मैं कैसे कर पा रही हूं? क्या यह उसकी सूरत का असर था? या फिर उन बड़ी- बड़ी, अब टपकी- तब टपकी काली आंखों का जादू या फिर केवल पति का लिहाज़?

जाने से एक दिन पहले वह शाम को मेरे साथ रसोई में खड़ी थी। पता नहीं क्या सोच रही थी। वैसे भी उसे देखकर हमेशा यही लगता था मानो उसकी आंखें किसी आदमकद आईने में कुछ देखती रहती है। एक अनोखा आत्ममुग्ध भाव किसी झीने पारदर्शी आवरण की तरह उससे लिपटा रहता था। यह बात उसने अचानक ही कही थी-

"मेरी ज़िन्दगी भी एक अफसाना बन गई है। मुझे लेकर एक कहानी लिख दो आप।"

निस्संदेह उसने कुछ और सुनना चाहा होगा। परन्तु मैंने अपने स्वर की हिंसा को बेरोक ज़ाहिर करते हुए कहा- "सबको अपनी ज़िन्दगी कहानी जैसी

ही लगती है, मीना। पर कहानी बनाने के लिए ज़िन्दगी को जानबूझ कर दूभर बना लेना कोई समझदारी नहीं।"

मीना किसी दूसरे ही मूड में थी। मेरे कहे का अनसुना करके बोली- "एक बार मनोज के बचपन का एक दोस्त अमृतसर आया था। किसी फिल्म की शूटिंग के सिलसिले में। हमने खाने पर घर बुलाया था। मैं सूप सर्व कर रही थी। मैंने काले शिफान की मुकैश वाली साड़ी पहन रखी थी। वह बोला था- "वाह! क्या चेहरा है। यह चेहरा चूल्हे के आगे तपने के लिए नहीं है, मेरे दोस्त। सच कहता हूं, मनोज, यह चेहरा अगर मेरे पास हो तो इसे लेकर मैं..."

"मीना..." मैंने उसे उस मदिरालस क्षण से बाहर घसीटना चाहा था। "चलो इस चेहरे को लेकर कोई फिल्म तो नहीं बनी। अब इस ज़िन्दगी को लेकर कहानी ही बन जाए, जिसकी हिरोइन हो मीना...।"

मेरे हाथ स्वतः उसके कंधों की ओर बढ़ते हुए बीच में ही कहीं रुक गए। शायद मैं उसे झकझोर कर इस दिवास्वप्न को तोड़ देना चाहती थी। बेशक समीर का कहा आड़े आया था। फिर भी मैं उसके प्रति क्रूर हो आई थी। यथाशक्ति कुटिल होकर मैं बोली थी- "तुम्हारे चेहरे को लेकर तुम्हारे पति का दोस्त फिल्म बेशक बना लेता- मैं कहानी नहीं लिख पाऊंगी।"

मैंने सोचा था वह आहत होगी। परन्तु वह उन्हीं तंद्रिल आंखों से मुझे देख रही थी।

"...फिर किस तरह के लोगों को लेकर कहानी लिखी जाती है...?" न जाने कैसी निश्छलता थी उसके पूछने में। कैसा निष्कपट सारल्य था। मेरे तरकस के सारे तीर कुण्ठित हो गए थे।

उस बार उसके चले जाने के बाद एक दिन समीर ने मुझे छेड़ा था- "उस बेचारी ने कितनी मनुहार की थी। क्यों नहीं लिख देती उस पर एक कहानी? क्या लगता है तुम्हारा? नौकर- चाकर, पानबाई- कसाई, धोबी-नाई सब कहानी के पात्र हो सकते हैं तो वही क्यों नहीं?"

...और अब इस बार...कहानी का वह सूत्र जो मेरे हाथ नहीं लग रहा था, जिसके बिना मीना की ज़िन्दगी घटनाओं का एक सिलसिला मात्र थी, वही सूत्र मीना ने अकस्मात मेरे हाथ में थमा दिया था। "ये मानसिक रोगी हैं"- उसके ऐसा कहते ही उसकी कहानी मेरे सामने खुल रही है।

मीना को पहली बार देखने से पहले भी मैं उसे जानती थी। मैंने उसे देखने से पहले भी देखा था। अपनी नहीं, समीर की आंखों से। हमारी अपनी शादी का वह पहला साल था। साल की छह ऋतुओं से अलग थी वह ऋतु। कुछ और ही नाम था उसका। तपी हुई छत पर मच्छरदानी के बाहर खूब-खूब तारों जड़ा आकाश ताकते हुए मुझे भ्रम होने लगता था कि मैं किसी पुष्पक विमान के गवाक्षों से बाहर झांक रही हूं। समीर के पसीने से तर कंधे पर सिर रखे मैं सोचती रहती- जब मैं नहीं थी तब क्या था? क्या तब भी इतनी सुन्दर हो सकती थी रातें? इतना ही मादक अंधेरा? इतना ही रहस्यमय आकाश? कैसे? क्यों?

ऐसा दुराग्रही प्रेम। उस सारी इंच- इंच भर धरती को भी छूने देखने की अभागी इच्छा, जिस पर मैं कहीं नहीं थी। उस सारे अछोर समय को उलट- पलट देने की बावली जिद, जिसमें मैं कहीं नहीं थी।

ऐसी ही एक रात मैंने मीना को जाना था। समीर के बचपन और कैशोर्य के दालानों, दीवारों को कूदते- फांदते एक लड़की की किलकारी सुनी थी। अपनी सारी समझदारी के गुमान के बावजूद मैंने हज़ारों अल्हड़ लड़कियों की तरह समीर से पूछा था- "मुझे जानने से पहले क्या तुम किसी लड़की को नहीं जानते थे? थोड़ा- बहुत या दूर से भी नहीं? क्या तुम्हारी रिश्तेदारी में भी लड़कियां नहीं थीं?"

तब समीर ने मुझे उम्र में समीर से काफी बड़ी अपनी चचेरी बहिन की बेटियों के बारे में बताया था।

"जब मैं हाईस्कूल में पढ़ता था तो मीना और नीरा शायद दूसरी या तीसरी में पढ़ती थीं। हम लोगों के घर साथ- साथ थे। छतें एक- दूसरी से सटी हुई। रात को बच्चे अक्सर किसी एक छत पर इकट्ठे हो जाते। खूब धूम मचाते। मैं कोने में पढ़ने का यत्न करता। मीना बार- बार लपक- लपक कर आती और मेरे कानों के पीछे 'हो' कहकर दौड़ जाती। उसकी चोटी बहुत लम्बी होती थी। मैं दौड़कर उसे पकड़ना चाहता तो उसकी चोटी हाथ लग जाती। वह कान पकड़ कर कहती- "छोड़ दो मामा, अब कभी नहीं छेडूंगी" तब कहीं मैं उसे छोड़ता।"

समीर अभी सुना ही रहे होते और मैं कहानी के सीमा बंधों से आगे कूद कर पूछ बैठती- "सुन्दर कौन थी, मीना या नीरा?"

"मीना ज्यादा सुन्दर थी। पर पढ़ने लिखने में दोनों ही सफाचट। पढ़ने में मन ही नहीं लगता था। मां मेरे पास पढ़ने भेजती और वे दुनिया जहान की बातें सुनाती रहती। बड़ी होती गईं तो उन बातों की जगह फिल्मों की कहानियों या फिल्मी सितारों के किस्सों ने ले ली। कभी फेल हुई तो कभी कम्पार्टमेंट मिली। घर में लड़कियों की पढ़ाई की किसी को चिंता भी नहीं थी। यही सोचते थे सब कि लड़कियां पढ़ीं तो भी ठीक और न पढ़ीं तो भी क्या? सूरत- शक्ल हो, किस्मत हो, बस। घर में रुपया- पैसा था ही। काफी कमा लेते थे ये लोग आढ़त में। बड़ी मुश्किल से दोनों ने मैट्रिक पास की। सोलह- सत्रह की उम्र में तो इनकी शादियां भी हो गईं।"

जिस छेड़छाड़ से यह बात शुरू हुई थी यहां तक पहुंचते पहुंचते वह मूड बदल गया था। मैंने समीर से पूछा था- "तुमने भी कुछ नहीं किया समीर?"

"पागल हो, ऋचा? मैं क्या करता? मुझे बहुत मानते थे इनके घर के लोग। परन्तु कुछ दूसरी तरह से। बहुत गम्भीर और पढ़ाकू स्वभाव का था मैं उन दिनों। किताबें ही किताबें बस। कुछ- कुछ आत्मरत भी था पर उस एक दिन तो मैं बहुत ही उदास हुआ था..."

"किस दिन?"

"मीना की मां मेरे कमरे में आकर बहुत रोई थीं। रोते- रोते ही बताया था कि मीना किसी लड़के के साथ प्यार करने लगी थी और फिर उसी लड़के से उस दिन मंदिर में शादी कर ली थी। उस दिन शाम तक वह घर नहीं लौटी थी। अब तुम पूछोगी कौन था वह लड़का? जो भी था अच्छा- खासा खूबसूरत जवान था। बाप के साथ दुकानदारी करता था और उसी गली में रहता था जहां मीना ट्यूशन पढ़ने जाती थी।"

"तुम्हीं उसकी ट्यूशन रख लेते..."

"डोंट बी सिली ऋचा...मीना सचमुच सुन्दर थी। बेवकूफ लड़की। सारा दिन फिल्मी गाने सुनती या सस्ते रोमांटिक उपन्यास पढ़ती। एक बार तो उसकी भूगोल की किताब में एक उपन्यास देखकर मैंने उसे चांटा ही मार दिया था। पर जब वह रोने लगी तो मुझे बहुत तरस आया। आई जस्ट कुड नॉट हर्ट हर... फिर उसका ही तो दोष नहीं था। उसे तो पता तक नहीं था

कि इसमें इतना बुरा क्या है? ऋचा रोते हुए उसकी आंखें बहुत सुन्दर लगती थीं- उसे रुला- रुला कर देखने का मन होता था- अब भी लगती हैं- उसे यह पता भी है..."

उस दिन पता नहीं कब नींद आई। पर उस दिन के बाद कई बार सपने में एक लड़की मुंडेरों के उस पार से मुझे ताकती रहती। लम्बे, ढीले गूंथे हुए बाल और अब टपकी- तब टपकी बहुत काली आंखें।

पहली बार मैंने जब मीना को एक पारिवारिक उत्सव में देखा तो मैं चौंक सी पड़ी थी। यह वही मुंडेरों के उस पार से ताकने वाली लड़की थी। हू- बहू वैसी ही। मेरे सपने से निकलकर खड़ी हुई मुझे ताक रही थी।

"आप ऋचा हैं?"

"हां। तुम मुझे जानती हो?"

"हां, बहुत सुना है, आपके बारे में। मैंने जैसा सोचा था आप वैसी ही लग रही हैं।"

"क्या सोचा था?"

"मैंने एक बार सपने में देखा कि मामा की शादी हो रही है। जो लड़की उनके साथ खड़ी थी वह आपके जैसी ही थी..."

यह कहकर पता नहीं वह क्या कहना चाह रही थी। मैंने जो समझा वह इतना ही कि मामा के साथ उसकी कल्पनाएं जुड़ी हुई हैं। वे महत्त्वपूर्ण हैं और इसीलिए उनका एक आकर्षण भी है क्योंकि वे उस जीवन पद्धति के प्रतीक हैं जो उसके अपने जीवन से सर्वथा भिन्न है। भिन्न ही नहीं विपरीत भी हैं।

एक कस्बाती शहर का खाता- पीता परिवार और विवाह का अवसर। उस जमावड़े में लोगों का मिलना- जुलना तो एक संयोग है। परन्तु संयोग के बीच एक पूरा तंत्र सक्रिय रहता है। एक संशलिष्ट जीवनशैली जिसमें उससे सम्बद्ध स्वजनों परिजनों के जाने कितने- कितने रूप देखे जा सकते हैं।

सजी- संवरी युवतियों और प्रौढ़ाओं से भरा वह बड़ा- सा कमरा। मुझे बरबस यह विचार आ रहा था कि ये सब भले ही कोई व्यावसायिक मॉडल न हों फिर भी अपनी विशेष शैली में अपने परिवार या खानदान की हैसियत का प्रभावी विज्ञापन तो हैं ही। अनुभवी माताएं या सासें अपनी चपल दृष्टि

से किसी भी घर की बहू या बेटी को देखकर उस सारी सम्पदा का वारा-न्यारा कर सकती हैं जिसे कई तरह की असली- नकली बहियों में ढांपने-छुपाने के लिए उनके कमाऊ पतियों और पुत्रों को दिन- रात खपना पड़ता है।

उस प्रदर्शनी में मेरी आंखें मीना के पीछे- पीछे घूम रही थीं। कान चौकन्ने होकर उसे सुन रहे थे। केवल मैं ही नहीं, सबकी आंखें और सबके कान। उसके हर हाव भाव से यह लग रहा था कि वह किसी कैमरे को फेस कर रही है। हालांकि वहां कैमरा नहीं था पर सबकी आंखें खूब पैनी और अचूक थीं।

मैं बार- बार दिमाग पर ज़ोर डालकर सोच रही थी कि कौन सी अभिनेत्री किस फिल्म में इप स्टाइल में देखी थी? ऐसी जैसी साड़ी, ऐसे झुमके, ऐसा केश- विन्यास? इस समय वह इस समूह में एक साम्राज्ञी की गरिमा लिए जहां- तहां डोल रही थी। उसके सिर पर कोई ताज तो नहीं था पर जिस तरह वह चलती, देखती या सिर हिलाती तो यही लगता कि वह एक अदृश्य ताज को लगातार संभालने की चेष्टा कर रही है।

मीना विशेष रूप से मुझसे सुनना चाहती थी। या शायद यह जताना चाहती थी कि इस रूप सभा की निर्विवाद नायिका वही है भले ही उसने कॉलेज का दरवाज़ा नहीं लांघा या भले ही उसके पास ऊंची डिग्रियां नहीं हैं, पर यह अवसर उसका है, केवल उसका।

वह मुस्कुराते हुए मेरे पास आई। मेरे कंधों से झूलकर गरदन एक तरफ लहराते हुए बोली- "कैसी लग रही हूं?"

"बहुत- बहुत सुन्दर।" मैं किसी भी तरह अनुदार नहीं होना चाहती थी।

"आपने 'सपनों का सौदागर' देखी है?"

मैंने आगे सुनने की उत्सुकता में यूं ही कह दिया, "हां"।

"उसमें हेमामालिनी ने..." इसी बीच उसका बेटा कहीं से आकर उसकी साड़ी घसीटने लगा था- "मम्मी, आईस क्रीम- " "अभी आई..." कहकर वह मुड़ गई थी।

बाहर से लौटी तो मैंने पूछा, "कहीं मामा देखे?"

"नहीं तो। बुलवा दूं?"

"तुम ही जाकर कह दो..." वह तनिक तुनककर बोली- "नहीं, मैं तो नहीं जाऊंगी उनके सामने।"

"क्यों? वे नज़र लगा देंगे?"

"नहीं। उनको अच्छा नहीं लगता।"

"क्या?"

... फिर उसने मुझे सुनाया था कि कैसे एक बार मामा के सामने उसे बहुत शर्मिन्दा होना पड़ा था। उनके घर में रामायण का पाठ रखा था। वह सुबह से दोपहर तक लगभग तीन बार तीन तरह के सूट बदल चुकी थी। मामा बहुत आहत हुए थे इस आडम्बर से। बहुत कुछ कहा था। वह खूब रोई थी। चाहा था वह बहुत सादा लड़की बन जाए... खूब पढ़े- उन्हीं की तरह। पर कितना कठिन था यह सब। कितना नीरस? मन ही तो नहीं लगता था। फिर मामा दूर होते गए थे। यूनिवर्सिटी चले गए थे। किसी ने बनाव- शृंगार के लिए रोका- टोका नहीं। मनोज तो खुद 'सितारों की दुनियां' और 'फिल्मी कलियां' दिखाकर उसे तरह- तरह के कपड़े पहनने- सिलवाने के लिए कहा करता था।

मीना क्षण भर के लिए कुछ सोचने लगी। फिर चहकते हुए पूछा- "यह कत्थई रंग क्या मामा की पसंद है?"

"नहीं तो। मेरी अपनी पसंद है।"

"हुंह। मुझे काला बहुत पसंद है, पर मनोज बड़ा वहमी है। आज मैंने पहले हरी साड़ी पहनी। उसने देखते ही उतरवा दी। अब तो मुझे भी वही रंग अच्छे लगने लगे हैं जो उसे लगते हैं। मामा को कौन सा रंग अच्छा लगता है?"

"पता नहीं। कभी बताया तो नहीं।"

वह हैरानी से मुझे देखती रही। फिर शायद हमारे लिए कुछ चिंतित हो आई। बहुत सादगी से बोली- "मर्दों के मन को जान लेना कौन- सा आसान है?"

इसी बीच मनोज ने आकर बड़े मनचले अंदाज़ में उसे सलाम किया। झुककर हाथ से गेट की तरफ संकेत करते हुए बोला- "चलिए बेगम। गुलाम हाज़िर है।"

मीना ने बड़ी मीठी नज़र से मुझे देखा और सत्रह साल की लड़की की

तरह लाल होकर बोली- "देखा आपने।" मानो कह रही हो- "देखो मेरा भाग्य और ईर्ष्या करो मुझसे।"

वह मेरी मीना से पहली मुलाकात थी। उसके बाद बरसों तक हम कभी नहीं मिले। समीर कभी- कभार पारिवारिक दुःख- सुख के अवसरों पर जाते रहे। जब भी आते मैं मीना और नीरा को लेकर एक के बाद एक प्रश्न पूछती रहती। मुझे भी उनमें दिलचस्पी पैदा हो गई थी। उनसे कुछ लगाव भी हो गया था। मामा के हिस्से पड़ने वाले उनके आदर में मैं भी अपना हिस्सा ले लेती थी। उनके अनुसार मामा जैसे असाधारण पुरुष ने जिस लड़की को पसन्द किया होगा वह भी असामान्य होगी ही- कुछ ऐसा भाव उनके सोचने में रहता था।

एक बार जब समीर नीरा के बेटे के मुण्डनों से लौटे तो चूड़ियों का पूरा डब्बा मेरे सामने खोल दिया। मैं हैरान। "यह क्या मज़ाक है?" मैंने पूछा।

"मिट्ठी ने भेजी है।"

"यह मिट्ठी कौन है?"

"मीना। अरे हां, मीना। उसे सब मिट्ठी ही कहते थे। यही था उसका नाम। मीना तो बाद में बनी। मनोज के साथ।"

"नाम भी बदल दिया...?"

"हां, ऋचा। किसी हिरोइन का नाम मिट्ठी हो सकता है भला? ये उन दिनों की बात है जब 'साहब बीवी और गुलाम' के काफी चर्चे थे।"

उस दिन मुझे मीना की आंखों की उस रोई- रोई, डूबी- डूबी, तन्द्रिल, कुछ पथराई सी नज़र का अर्थ समझ आया। समीर के वे शब्द भी..."उसे पता है रोते हुए उसकी आंखें सुन्दर लगती हैं।"

लगभग दस बरसों का लम्बा अंतराल। जून महीने की एक शाम को तो मीना और मनोज को देखकर हैरान रह गए थे हम लोग। उस समय घर पर मैं ही थी।

"अरे। कब आए? बताया भी नहीं?"

मनोज चुप रहा। मीना ने ही बताया- "होटल में ठहरे हैं। सोचा था अचानक जाकर हैरान करे देंगे।"

हैरान तो मैं थी ही। ढीली- ढीली दो चोटियों में गूंथे बाल। सफेद झीना

सा फ्रॉक जैसा कुरता... वह आज भी अच्छी लग रही थी। परन्तु चालीस साल की औरत के लिए, मेरे हिसाब से कहीं कुछ अटपटा भी था। न चाहते हुए भी मैं देख उसे रही थी और सोचने लगी थी उसकी अठारह बरस की बेटी के बारे में।

"बच्चे भी साथ आए हैं? पूछते ही मुझे अहसास हुआ कि बच्चे तो साथ- साथ आने की उम्र कब से पार कर चुके हैं।"

"नहीं। मैंने ज़िद की। मनोज को तो कभी दुकान से फुरसत नहीं मिलती। मैंने सोचा इनको पहाड़ घुमा लाऊं।"

मैंने देखा मनोज चुपचाप सिगरेट पी रहा था।

"हम शादी के बाद हनीमून के लिए यहीं आए थे। बड़ा अच्छा होटल था, नाम याद नहीं आ रहा... ।"

"मरीना" मनोज कहकर चुप हो गया।

"मैं तो वहीं ठहरना चाहती थी पर जगह ही नहीं मिली।"

"इस बार कहां ठहरे हो? अच्छी जगह है ना?"

"'हनीमून इन' बस नाम ही नाम है। खैर हम आराम से हैं। आप चिंता नहीं करें।"

"बच्चों के बारे में बताओ...क्या कर रहे हैं आजकल?"

"रिकी बी.ए. फाइनल में है। सोनू इस साल बारहवीं कर लेगी।"
"पढ़ने में कैसे हैं...होशियार हैं ना?"

"अंग्रेज़ी स्कूल में ही डाले थे दोनों। रिकी तो बहुत स्मार्ट है...छह फुट लम्बा..."

"पापा जैसा लगता होगा..."

"लोग तो उसको सलमान खान कहते हैं..."

"अच्छा? और सोनू कैसी है? मम्मी पर गई है?"

"खूब अच्छी है... सेहत भी अच्छी है... सुन्दर भी है... कैसे बताऊं .. . अमृता सिंह से शक्ल मिलती है।"

"रिकी बी.ए. के बाद क्या करना चाहता है?"

"वह तो पुलिस में जाना चाहता है। क्या जंचेगा वर्दी में... या फिर एक्साइज में।"

"आगे नहीं पढ़ेगा?"

"पढ़ाई में क्या रखा है आजकल? कितनी भी तनख्वाह ले लो। जब तक ऊपर की कमाई ना हो तो..."

मनोज अब भी चुप ही था। मैंने उसे बातचीत में शामिल करने के लिए कहा..."क्यों मनोज, चुप क्यों हो? तबीयत तो ठीक है ना?"

"यह जो बोल रही है। एक ही काफी है।" वह फिर हल्की सी उबासी लेकर चुप हो गया।

"...सच। रिकी तो बहुत ही बढ़िया निकला है। पापा की तरह सीधा और चुप्पा नहीं है। उसकी क्लास की लड़कियां तो सब उस पर मरती हैं। सारा दिन पता नहीं कितने तो उसके फोन आते हैं। एक लड़की तो बहुत ही प्यारी है... बिल्कुल माधुरी दीक्षित जैसी। एक दिन हमारे घर आई तो कहने लगी- "हाय आंटी, आप तो रिकी की मम्मी नहीं, गर्लफ्रेंड लगती हैं।"

मैंने बीच में टोकते हुए पूछा- "खाना कितने बजे खाएंगे?"

खाना तो अभी देर से खाएंगे। अभी थोड़ा बाहर जाएंगे...कुछ फोटो खींचेंगे...जल्दी चलो मनोज, फिर सनसैट हो जाएगा... यहां आस- पास कोई पार्क नहीं है?

"पार्क तो नहीं है... हां, कहीं भी निकल जाओ। बहुत खूबसूरत जंगल है, इतने ऊंचे देवदार..."

"उठो न मनोज...जल्दी करो..."

"मुझे रहने दो। थोड़ा आराम से बैठा हूं। घर में ऋचा तो हैं ही... तुम बच्चों को साथ ले जाओ...।"

"यही तो मुसीबत है। मुझे पेड़- पौधों के फोटो लेने हैं क्या? चार घंटे पार्लर में बाल सैट करवाने के लिए क्यों जाया करने थे मैंने?" "अच्छा बाबा चलो..."

कुछ देर के लिए पटाक्षेप हुआ। आज मीना को देख कर वैसा नहीं लगा जैसा उस शादी वाली सांझ को लगा था।

खाने के लिए बैठे तो बोली- "एक प्लेट ज्यादा है।"

नहीं तो...मैंने तो पूरी ही लगाई हैं... खाना तो सब ही खाएंगे...समीर भी आते ही होंगे...

"मैं और मनोज तो एक ही प्लेट में खाएंगे।"

मैंने मनोज की तरफ देखा। वह एक लम्बी सांस दबा कर बोला-

"चलने दो ऋचा, क्या फर्क पड़ता है।"

"आप कभी मामा के साथ एक ही थाली में नहीं खातीं?...मैंने तो आजतक...।"

"हमें आदत नहीं है।"

"अरे? कमाल है..." खाना परोसते हुए मेरे हाथ बीच- बीच में जैसे कुछ भूल जाते थे। मैं फुटपाथों पर बिकने वाली उन तमाम सचित्र पुस्तकों में से कोई शीर्षक याद करने की कोशिश कर रही थी जिन्हें पढ़कर इस औरत ने प्यार करने के नुस्खे उसी तरह सीखे होंगे जैसे कोई पकवान बनाने या आचार डालने की विधियां सीखता है। मनोज अपनी हरे रंग पर पीले प्रिंट वाली कमीज़ में भी बहुत बेचारा सा लग रहा था... थका हुआ। उसकी कनपटियों से झांकते, सफेद बाल क्या मीना ने नहीं देखे? या फिर डाई का रंग मिट गया?

खाना आरम्भ करने से पहले ही समीर भी पहुंच गए। "अरे मीना। मनोज। कैसे हो? कब पहुंचे? माफ करना मुझे लाइब्रेरी में कुछ देर लग गई। आप खाना शुरू करो, मैं दो मिनट में आता हूं।"

बाथरूम से हाथ पोंछते हुए आकर समीर भी हमारे बीच शामिल हो गए। "हां तो अब बताओ कैसे हो? हमेशा की तरह तरोताज़ा, है ना? याद है मीना, जब तुम बहुत छोटी थी तो हरदम फुदकती- चहकती रहती थी। तुम्हारी मां तुम्हें गाली देती थी..."पता नहीं क्या होगा इस लड़की का। जब देखो बसन्त फूला रहता है।"

मीना ने गदगद होकर पूछा- "आपको अभी भी याद है मामा? मेरी और कौन सी बात याद है आपको?"

"...यही कि तुम जो भी नई फिल्म देख आती थी कुछ दिन उसी फिल्म की हीरोइन की चाल चलती थी, उसी की आवाज़ में बोलती थी, वैसे ही देखती थी। कभी मधुबाला तो कभी मीना कुमारी, कभी वहीदा तो कभी आशा पारिख..."

मैंने सोचा था मीना इस बात से चिढ़ जाएगी परन्तु वह तो विभोर होकर उन्हें देख रही थी। बहुत उत्साहित होकर बोली- "आप को इसी बरस की बात बताऊं? मैं सफेद साड़ी पहनकर 'चांदनी' देखने गई थी। मैंने देखा आगे पीछे लोग मेरी ही तरफ देखे जा रहे हैं। मैंने मनोज से पूछा- "देखो तो

मैं कैसी लग रही हूं? ये लोग ऐसे क्या देख रहे हैं? सच मामा जी बड़े खराब होते हैं लोग, मुझे ही चांदनी, चांदनी कहकर छेड़ रहे थे। और मनोज को देखों, उन्हें तो कुछ कह नहीं सका, उल्टा मुझे ही डांटने लगा कि सफेद साड़ी पहननी बहुत ज़रूरी थी क्या? इससे पूछो ज़रा कि मेरा कसूर क्या था?"

"कसूर तो मेरा ही था। जहां भी निकलो कुछ न कुछ सुनने को मिल जाता है।"

मनोज यह कहकर फिर चुप हो गया। समीर के चेहरे पर भी पीड़ा की एक हल्की सी झांई आकर लौट गई। बात बदलते हुए उन्होंने पूछा- "हां तो मनोज, काम धंधा कैसा चल रहा है?"

मनोज ने मीना की तरफ देखा। जैसे कह रहा हो- "तुम्हीं बता दो।" वह बात का सिरा लपकते हुए बोली- "सब ठीक ही चल रहा है। अब तो हम नए घर में आ गए हैं। वह मुहल्ला कोई रहने के काबिल था? आसपास सारे उसी तरह के घटिया लोग। बहुत अच्छी कोठी बनी है। रसोई ब्रांडे, बाथरूम, सब जगह मार्बल डलवाया है मैंने। दो मंज़िला है, ऊपर जाने की सीढ़ियां भी अन्दर ही अन्दर हैं जैसा घर फिल्मों में होता है, हू ब हू वैसा ही लगता है। आप लोग कभी आओ- आकर रहो तो पता भी चले अपनी रिश्तेदारी का। हमारे मुहल्ले वाले तो देख- देख कर जलते हैं। वो बजाजी वाला खुल्लर है ना, उसने तो जलकर शिकायत ही कर दी थी कि मिट्टी का तेल ब्लैक में बेचते हैं। डिपू से ही आमदनी है, डिपू ही चला जाता। यह तो कहो कि हर जगह अपने यार दोस्त हैं। फिर कौन है जो दूध का धुला है। सब की कोठियों में दो नम्बर का ही पैसा लगा होता है- खैर, छोड़ो इस बात को। मुझे ऐसे ही घर की तमन्ना थी, एक ख्वाब था सो पूरा हो गया। अरे वो गोलगप्पे वाले की मां थी ना, वीरो, वही जो पीछे वाली गली में रहते थे- हां, वह एक बार आई। हैरान होकर बोली- "मिट्ठी पुत्तर, मैं जोड़े (जूते) कहां खोलूं? ऐसी कोठी तो सनीमा में ही देखी थी..."

मैंने कनखियों से समीर की तरफ देखा। वे तो वहां थे ही नहीं जैसे। किसी पुराने मुहल्ले के जीर्ण- जर्जर घर की छत की मुंडेर के पीछे लम्बी चोटियों वाली किसी बच्ची को देख रहे थे।

उनकी अनुपस्थिति को शायद मीना ने भी भांप लिया। एकदम बात बदलकर बोली..."रिकी और सोनू आपको बहुत याद करते हैं। कभी इधर

आएंगे तो इतनी किताबें देखकर हैरान रह जाएंगे। उन दोनों के पास अपना-अपना पढ़ाई का कमरा है। किताबें रखने के लिए बड़ी- बड़ी अलमारियां बनवा दी हैं। बैठक में एक रैक मैंने खाली रखवाया है। आप जब आएंगे तो कुछ किताबें खरीदवा देना वहां रखने के लिए। कौन- कौन- सी किताबें घरों में होनी चाहिए मामा जी?"

"रिकी और सोनू क्या पढ़ना पसंद करते हैं?"

"मेरी तरह हिन्दी के नावल थोड़ा ही पढ़ते हैं, दोनों अंग्रेज़ी नावल पढ़ते हैं। एक इच्छा रह गई- अंग्रेज़ी बोलनी नहीं आई। घर में कोई बोलता तो मैं सीख भी लेती पर... वे दोनों तो बोल लेते हैं पर फिर भी उतनी नहीं। ये मॉडल स्कूल उतने अच्छे नहीं होते। पढ़ाने वाले तो सब हिन्दुस्तानी ही हैं और कान्वेंट में दाखला नहीं मिलता। कोशिश तो बहुत की थी। डोनेशन भी देने को तैयार थे पर टेस्ट बड़ा मुश्किल था। क्या कर सकते हैं?"

"उन दोनों को ले आती मीना, अच्छा लगता..।"

"अब उनकी उम्र है क्या मां- बाप के पीछे- पीछे घूमने की?" मैंने समीर की उकताहट को बांटते हुए कहा। परन्तु मीना का उत्साह अभी ठंडा नहीं पड़ा था। "रिकी तो अभी दोस्तों को लेकर मसूरी घूमने गया था। अरे, मैं तो बताना ही भूल गई। हमने गाड़ी ले ली है। लाल रंग की है। मेरी बड़ी इच्छा थी गाड़ी हो, कोई दरवाज़ा खोले... अब कार आई है तो मनोज हरदम थका ही रहता है। वैसे भी रिकी से छूटे तब ना? क्या कार चलाता है मेरा रिकी। सच बहुत ही स्मार्ट लगता है। मुझसे तो खास ही प्यार है उसे। अब जाऊंगी ना तो 'मम्मी, मम्मी करता दौड़ा आएगा। मुझे गोदी में उठाकर तीन-चार चक्कर घूमाकर ही धरती पर रखेगा... शरारती भी बहुत है। पैसे चाहिए हों तो सीधे थोड़े ही मांगता। झट गले में बाहें डालकर झूलकर गाने लगेगा- "मम्मी माई डार्लिंग आई लव यू...।"

"पापा की मदद करता है दुकान पर?" समीर ने पूछा। निश्चय ही मनोज का चुपचाप बैठना उन्हें खटक रहा था।

"काम तो वह सारे कर सकता है। पर जैसा वह लड़का है ना, दुकान पर किशमिश, बादाम तोलता अच्छा ही नहीं लगता। मामाजी, वह दुकानदारी के लिए बना ही नहीं। मनोज के दोस्त भी यही कहते हैं- "यार तेरे बेटे के हाथ में तराजू अच्छा नहीं लगता- वह तो पूरा हीरो लगता है।"

"मीना। चलें अब। इन लोगों को सोना भी तो है..." मनोज ने अंततः उबासी लेते हुए कहा।

उस दिन वे दोनों चले गए थे। समीर की आदत है कि बिस्तर से लगते ही उन्हें नींद आ जाती है। मैंने देखा उस दिन वे आसानी से सो नहीं पा रहे थे। करवट बदली तो एक ठंडी आह रोकना चाहकर भी रोक नहीं पाए।

मैंने पूछा- "मीना के बारे में सोच रहे हो, समीर?" "हूं... नहीं, मनोज के बारे में।" वे पासा पलटकर सोने का उपक्रम करते रहे। बिजली बंद करके मैं कम्बल में घुसी तो आदतन मेरे सीने पर हाथ रखकर बोले- "इट इज पेनफुल टु सी ए ड्रीम टर्निंग इन टु ए नाइट मेअर।" मैंने उनकी पलकों को छुआ। वे गीली थीं।

उसके ठीक बरस भर बाद मीना जब आई तो अकेली आई थी और उसे मुझे सम्भालते हुए समीर की आंखें कह रही थी- "हैंडल विद केअर, इसे सहानुभूति की ज़रूरत है।"

"क्यों मीना? इस बार भी तुमने सरप्राइज़ ही देना चाहा?" मैंने स्थिति सम्भालते हुए पूछा।

"मैं सकून ढूंढने आई हूं। मुझे लगा वह यहीं मिल सकता है- आपके पास। मामा के पास। यहां न आती तो पागल हो जाती।" पहले तो मुझे लगा यह भी एक फिल्मी डायलॉग है जिसे एक खास तरह के लोगों को खास मौकों पर बोलने की ज़रूरत होती है। परन्तु कहते- कहते वह सुबकने लगी थी। मैंने उसका कंधा थपथपाया तो वह मेरे हाथ पकड़कर फूट- फूट कर रो पड़ी। हिचकियां बंध गई। वह रो रही थी, यह सोचे बिना कि उसकी आंखें कैसी लग रही हैं।

बहुत देर बाद वह उद्वेलन सम्भला। वह चुपचाप बैठी थी। सीधे दीवार को ताकती हुई। दीवार में जड़े किसी अदृश्य आईने के भ्रम से मुक्त। पहली बार अपनी तरफ से बेखबर। और पहली ही बार मैंने देखा कि उसको बेखबर पाकर वक्त ने उसके चेहरे को मैले हाथों से छू दिया था।

क्या दांत पहले भी कुछ ऊंचे और बेतरतीब थे? चिबुक तनिक अतिरिक्त लम्बा और त्वचा थोड़ी सी खुरदुरी? मुझे याद आया, मेरी बुआ बहुत सुन्दर थी और दादी कहती थी... मेरी बेटी तो ऐसी है कि हाथ छुए मैली, पात छुए सैली (हरी)। आज मीना को देखा तो लगा इसे सिर्फ हाथों

और पत्तों ने ही नहीं छुआ, किसी और ही बेरहम चीज़ ने छुआ है- बेहद निर्ममता से।

औपचारिकता निभाने के लिए मैंने पूछा- "इस बार मनोज क्यों नहीं आए मीना?"

"वे अब मेरे साथ नहीं रहते।"

"क्या...?" क्षण भर के लिए तो मुझे लगा कि यह किसी सनसनीखेज फिल्म का तूफानी दृश्य है...क्लाइमेक्स। हीरोइन लुटी- पिटी किसी साइनपोस्ट के नीचे पनाह लेती है...उसी क्षण जोरों से बिजली कड़कती है और एक पुख्ता इमारत रेत के घर की तरह भरभरा कर ढह जाती है।

"अभी पहुंची हो? कोई साथ आया है?"

"नहीं कल आई थी। सत्संग भवन में रह गई थी। मैंने नाम ले लिया है। आपको बुरा न लगे तो कुछ दिन ठहरना चाहती हूं।"

"बुरा क्यों? बहुत अच्छा लगेगा। तुम्हारा अपना घर है- तुम्हारा हक है...मैं शायद कुछ आगे भी कह देती। परन्तु समीर से नज़रें मिलते ही एकाएक चुप हो गई। मेरे कहे हुए शब्द कुछ देर कमरे में खड़खड़ाते खाली डिब्बों की तरह लुढ़कते रहे। मैंने खुद को ही झिड़का- "कमीनापन मत करो ऋचा।"

शाम को मैं बरांडे में चौकी पर बैठी मटर छील रही थी। मीना भी पास आकर बैठ गई और मेरा साथ देने लगी। कुछ देर हम दोनों चुप रहे। मीना हाथों में मटर के दाने गिनते हुए बोली- "मैं अपने पांवों पर खड़े होना चाहती हूं। क्या आप मेरी मदद कर सकती हैं?"

मैंने कुछ देर उत्तर नहीं दिया। मेरी आंखों के सामने वे अनेकानेक दृश्य घूम रहे थे जिनमें कोई कुलीन नायिका हालात का शिकार होकर किसी भले घर में बर्तन मांजने को मजबूर हो जाती है।

क्या काम कर सकती है वह? पढ़ाई और पात्रता के नाम पर केवल थर्ड क्लास मैट्रिक का सर्टिफिकेट। अनुभव के नाम पर पूरी तरह से पराश्रित बाइस साल लम्बा विवाहित जीवन। किस्से- कहानियों से बनी हुई गिलगिली मानसिकता। विलास- व्यसनी देह और स्वप्न- व्यसनी मन।

"क्या करना चाहती हो मीना?"

"कुछ भी। बस एक बार उसे सबक सीखा दूं।"

"कुछ भी यानी...?" उसके कहे हुए के आधे हिस्से को अनसुना करते हुए मैंने पूछा। मुझे कोई ऐसी सुरक्षित, सम्मानित जगह नहीं सूझ रही थी जहां वह उपयोगी हो सके। मैंने ईश्वर को धन्यवाद दिया कि वह कम से कम आयु की उस विप्लवी सीमा रेखा से कुछ आगे निकल गई है। वरना ऐसे निहत्थे सौंदर्य को कोई कैसे सम्भालता?

"देखो, सब ठीक हो जाएगा मीना। क्षणिक मनमुटाव है। मनोज कल तक स्वयं तुम्हें लेने आ जाएगा।"

"नहीं, आपको विश्वास क्यों नहीं होता? वह तो कितने अरसे से मेरे साथ नहीं रहता।"

"कहां रहता है? अभी पिछली गर्मियों में तो आप लोग यहां आए थे। कितनी खुश लग रही थी तुम।"

"खुश? वह तो गम छुपाने की एक नाकामयाब कोशिश थी। मैंने सोचा था यहां आकर जब कुदरत का साथ होगा, मैं दिन- रात साथ रहूंगी तो उसे भूल जाएगा।"

"उसे कौन? किसको?"

"वही तोषी और कौन? औरत नहीं डायन है। पता नहीं किस मरघट का जादू फेरा है। दिन- रात वहीं बैठा रहता है। सारी कमाई उस पर फूंक रहा है।"

उसकी बातें, उसकी भाषा... मुझे कुछ भी पच नहीं पा रहा था। पता नहीं कहां थी वह ओझल सी रेखा जिसे पार करके कभी वह किसी फिल्मी पर्दे पर डायलॉग बोलती नज़र आती थी और कभी किसी मुहल्ले में दरवाजे पर खड़ी सामने वाले घर में रहने वाली किसी मुंहजोर औरत को खरी खरी सुनाती हुई।

"हे भगवान कुछ न रहे उसका जो दूसरों के मर्दों पर दिन- दिहाड़े डाका डालती है..." मेरी अंतड़ियों में खलबली सी मच गई। क्या यह सब सच है? या फिर यह भी किसी पूर्वलिखित कहानी का पूर्वनिर्धारित अंधामोड़ जहां तेज़ रफ्तार गाड़ी का किसी झंखाड़ से टकराकर गहरी खाई में गिरना सुनिश्चित है।

"न आंखों में नींद है, न दिल में चैन। ऐसी बेवफाई...।"

"मीना, क्या पिछले बरस जब तुम लोग यहां आए थे, तब भी यह तोषी

का चक्कर...?"

"पिछली बार आए थे तब भी मनोज कहां आना चाहता था? आया भी तो क्या आया? जिस्म यहां और जान वहां। मैं उसे हर उस जगह ले गई जहां हम हनीमून के दौरान गए थे। यहीं रिज के नीचे हवाघर में खड़ा हो गया। चेहरा एकदम सफेद। सांस रुकने लगी हो जैसे। बस ज़िद पकड़ ली वापिस चलने की।"

इसलिए तो जाने से पहले आपको मिलकर नहीं गए। रात भर सो नहीं सका। उसे तो यह भी भूल गया था कि साथ में मैं सोई हूं। नींद में बोलता रहा था- "तोषी, पानी..."

मेरा मन भर आया। किसके लिए? नहीं जानती। मीना के लिए या फिर मनोज के लिए?

मीना फिर सुबकने लगी थी। मैंने उठकर उसे पानी का गिलास थमाया और चुपचाप उसकी पीठ सहलाती रही। बाइस लम्बे साल। हे ईश्वर! क्या यह भी होना जरूरी था?

पानी पीकर वह कुछ सम्भली। फिर उन्हीं मोमबत्ती जैसी पिघलती हुई आंखों को मेरे चेहरे पर टिकाकर बोली- "आप ही बताओ मुझमें कोई कमी है क्या? इस उम्र में भी कोई अनदेखा करके नहीं जा सकता। वह मुझसे ज्यादा सुन्दर होती तो भी था। सुन्दर भी नहीं है। गोल- मटोल चेहरा है। पक्का रंग और मोटी सी नाक। मुझसे जवान होती तो भी था। जवान भी नहीं है। मनोज से बरस दो बरस बड़ी ही होगी...।"

"नौकरी करती है?"

"नौकरी? जैसे कोई मेजिस्ट्रेट लगी है? यहीं बॉम्बे डाइंग के शो रूम में दो टके की सेल्ज़गर्ल है।"

"शादीशुदा है?"

"और नहीं तो क्या कन्या- कुंआरी है? ब्याहनेजोग तो बेटी है उसकी। बेटा एम.ए. में पढ़ता है। शरीफ औरत होती तो भी था। वह तो चौपट करके रख देगी इसको। अपने शौहर को उल्लू बना रखा है और पराए आदमी पर ऐसा वशीकरण फूंका है। वह तो धंधा करती है, स्साली। घरवाला भी साथ मिला हुआ है। ऐश कर रहा है पूरा परिवार। फिर भी यह मनोज है बेवकूफ कि कहता है उसी के पास शांति मिलती है। ऐसी कुलच्छणी औरत को हूर

की तरह पूजता है। वह तो पैसा चाहती है और इस मतिमारे को देखो उसके फरेब को प्यार समझे बैठा है। घर में सीता जैसी बीबी और यह उस कमजात राक्षसी शूर्पनखा के पीछे पागल है। सच कहते हैं घर की मुर्गी...” मैंने हथेली से उसका मुंह बंद कर दिया। उसकी भाषा सुनकर मेरी अंतड़ियों में फिर वही एंठन उठ रही थी। मैं कुछ नहीं बोली लेकिन मेरा दिमाग पूरी तरह तनतना रहा था और दांत एक लम्बा सा प्रतिवाद चबा रहे थे- “कब तक, कितना भागोगी मीना? वह गंदा मुहल्ला जिससे तुम्हें नफरत है अभी भी तुम्हारी कोठी के ठीक पीछे पड़ता है। और तुम्हारी लाल गाड़ी के पीछे- पीछे अपनी मरियल घोड़ी फटकारता हुआ हांक रहा है वही तांगेवाला करमजला करमू। पता नहीं कहां से आंख झपकते तिजोरीबंद तुम्हारे परीवश पति को झपटकर ले जाती है कोई भूखी जादूगरनी। तुम्हारा कुछ भी सुरक्षित नहीं है मीना- कुछ भी!”

मीना ने कुछ देर तक मेरा हाथ अपने मुंह पर ही रहने दिया। फिर हौले से उसे हटा दिया। खदबदाता हुआ कीचड़ उगल देने के बाद उसका चेहरा फिर उजला हो आया था।

वह एक महीना केवल मीना के लिए ही नहीं, मेरे और समीर के लिए भी अत्यंत त्रासद था। हम उसे प्रसन्न रखने का भरसक प्रयत्न करते। कई बार तो मैं यह भी सोचने लगती कि वह कोई नादान बच्ची तो नहीं जिसे लाड़- दुलार से बहलाया जाना आवश्यक है। फिर जैसी स्थिति थी, जो समस्या थी, उसका यह कोई समाधान भी नहीं था।

ऐसे में कभी- कभी मन मनोज के प्रति क्रूर हो आता। लगता, अभी जाऊं, अभी किसी तोषी के पहलू से गिरेबान से घसीटकर उसे सड़क में खड़ा करके पूछूं कि यह क्या धांधली है? अपने हिस्से के एक अदद पुरुष को खुश रखने में ही जिस औरत के लिए जीवन, मुक्ति सब निहित हो, उसके साथ ही यह निष्ठुर अन्याय कैसा? जिसको अनेकानेक विलास के उपकरणों के साथ स्वयं को भी एक सुन्दर सी गुड़िया बना डालने पर कभी कोई दुःख परिताप नहीं हुआ, उसी के भोले विश्वास से यह छल कैसा? जिसने कभी अपने अलग अस्तित्व की मांग तक नहीं की, अपने लिए जीवन के कोई अर्थ जानने नहीं चाहे, ज़िन्दगी की किसी ऊंचाई या गहराई की तरफ देखना तक नहीं चाहा... जिसे कुछ गहनों और साड़ियों से खुश किया जा सकता था।

एक कोठी और एक कार की चाबियां थमाकर जिसका समर्पण पाया जा सकता था, उसके साथ भी तुम निभा नहीं सके मनोज? फिर सोच का फुफकारता फन पलटा खाता। मैं कौन होती हूं निर्णय देने वाली? एकतरफा बयान ही तो सुने हैं मैंने।

मीना को जब भी आंसू टपकाते देखती तो झुंझलाहट रोक पाना कठिन हो जाता। किसके लिए रो रही है? उसी के लिए जिसने तुम्हें तुम्हारे सारे अधिकारों से बेदखल कर दिया है। सारी उम्र उसके दिल में जगह बनाते रहने से तो अच्छा था अपने सिर पर किसी टिकाऊ छत की फिक्र की होती।

वह खिड़की की सींखचों के बीच मुंह फंसाए खड़ी थी...रेडियो पर गीत चल रहा था- "हम ठोकर खाकर भी तुम्हारे..." वहीं से बोली- "आवाज़ ऊंची कर दो" पता नहीं कैसी ठंडी हिंसा जागी, मैंने रेडियो बंद कर दिया। उसने अजीब नज़र से मुझे देखा और समीर का मूक आग्रह याद हो आया- "हैंडल विद केअर।" अपनी शर्मींदगी को छुपाते हुए मैंने फिर संवाद शुरू करने के लिए पूछा- "मीना यह तो समझ आता है कि वह तोषी के साथ उलझा हुआ है। पर तुम्हें तंग करने का तुक क्या है? उसे तो बल्कि तुम्हारे सामने अपराधी महसूस करना चाहिए...।"

"आप तंग करने की बात कहती हैं? सच पूछो तो मैंने बहुत सहा। अब मेरी सहने की हिम्मत नहीं है। मेरे पास दो कमरे हैं। बाकी पूरी कोठी किराये पर चढ़ा दी है। मुझे तो राशन तक के लिए परेशान होना पड़ता है। बच्चे भी उससे बात नहीं करते। शर्मिन्दा महसूस करते हैं। मेरे सारे कपड़े, गहने यहां तक कि बच्चों तक के कपड़े घर से उठवा ले गया है?"

"कहां ले गया है? मैं तो समझ नहीं पाती।"

"वही जाने। वह मुझे मजबूर कर रहा है कि मैं तलाक दे दूं। मैं मर जाऊंगी पर कहीं दस्तख्त करके नहीं दूंगी। कम से कम बच्चों की खातिर।" "तुम से तलाक क्यों चाहता है? तोषी क्या उससे शादी करेगी?" "शादी? वह उसकी तरह बेवकूफ नहीं है। पूरी तरह निचोड़ कर रख देगी इसको। कंगाल बना कर छोड़ेगी। तड़प- तड़प कर मरेगा। तब समझ आएगा जब कोई पानी पिलाने वाला भी नहीं होगा। पता नहीं किस मसान की राख इसके सिर डाली है। जिस सूरत को देखे बिना चैन नहीं पड़ता था, उसी से इतनी नफरत। दो जिस्म एक जान थे हम और अब? मेरे साये से भी खौफ खाता

है वह।"

मैं उसके मन की टोह लेने के लिए पूछती- "मीना, यह भी तो हो सकता है कि तोषी से उसका वह रिश्ता न हो जो तुम सोचती हो। कई बार हम शक का शिकार हो जाते हैं। खुद भी परेशान होते हैं और दूसरों को भी कर देते हैं। कुछ अनदेखा भी कर देना चाहिए।"

वह थोड़ी देर चुप रही फिर बेबाक नज़रों से मुझे ताकती हुई बोली- "मुझे तोषी खुद बताती है।"

"क्या...? वह तुमसे मिलती है?"

"नहीं। फोन पर उलटा- सीधा सुनाती रहती है। मैं वहां थी तो सचमुच पागल होने लगी थी। यहां कम से कम इतना तो चैन है।" "तुम फोन क्यों सुनती हो?"

"मुझे क्या पता होता है...फिर रहा भी तो नहीं जाता। मेरे भी जो मन में आए सुना देती हूं।"

"क्या कहती है फोन पर? तुम्हें डराती धमकाती है?"

"उसे यहां तक पता होता है कि मनोज ने किस रंग के अंडर गार्मेंट पहने हैं। मुझसे कहती है, कैसी बीवी हो तुम...अपनी टीम- टाम से फुर्सत मिले तब तो देखो- पता है उसकी पीठ पर कितना बड़ा ज़ख्म है? मेरे यहां आकर मरहम लगावानी पड़ती है उसे।"

मेरे मुंह का सवाद अजीब सा होने लगता है। उधर समीर है कि हर रोज़ मुझे सुनाते रहते हैं- "ऋचा, इसकी बातें सुन लिया करो। इसे कह लेने की बहुत ज़रूरत है, लैट हर अनबर्डन हर ट्रबल्ड सोल।"

मैं क्या करूं? समझ नहीं आती प्रेम और घृणा की ऐसी किस्में, रिश्तों की पेचीदा काटें और अफीम के गाढ़े नशे की तरह परउत्पीड़न की यह तलब।

खाना खाते हुए या चाय पीते हुए कभी- कभी मीना सीधे पूछ बैठती- "मुझे क्या करना चाहिए? कोई रास्ता बताओ।"

"कुछ नहीं। तुम पूरी तरह से उदासीनता दिखाओ। यही जताओ कि यदि वह तुम्हारी परवाह नहीं करता तो तुम भी उसकी इतनी भर परवाह नहीं करती। सुनो मीना, खाना- वाना भी क्या तोषी के यहां खाता है?"

"पता नहीं। दो महीने से हमारे साथ नहीं खाता। हो सकता है कभी

मां के यहां खा लेता हो। ऊपर बरसाती वाला कमरा है ना, वहीं सोता है . .. सारी रात नींद नहीं आती।"

"किसे? उसे या तुम्हें?"

"उसे... खटर- पटर आवाज़ें आती रहती हैं। कभी धीमे- धीमे गाने सुनता रहता है। रात गए तक बैठा पीता रहता है या फिर फिल्में देखता होगा. .. वीसीआर भी ऊपर ले गया है। मैं भी कहां सो पाती हूं, तभी तो सुनती रहती हूं...।"

"उसे भी अकेला लगता होगा, मीना।"

"क्यों नहीं लगेगा अकेला? बीस बरसों में कोई ही दिन होगा जब अकेला सोया हो। मैं खूब जानती हूं उसे भी और उसकी भूख को भी। यह तो पूछो कि कैसे झेला है मैंने उसे... एक दिन वह आना भी चाहता था। वह चाहता है बच्चा ठहर जाए। वह जानता है कि डॉक्टर ने साफ कह रखा है कि प्रसव से मेरी जान को खतरा है। यह तो उन दोनों की चाल है मुझे मार डालने की। पर मैं इसे चलने नहीं दूंगी। उस दिन भी रिकी आवाज़ें सुनकर उठ गया, वरना...।"

"मीना, उसके मां- बाप मदद नहीं कर सकते? उन्हें भी तो सब पता होगा?"

"मुझे किसी पर भरोसा नहीं है। अपने खून के खिलाफ कौन जाता है? दूसरा जब से शादी हुई है मनोज कौन- सा ज्यादा उधर आता- जाता है .. . सच पूछो तो मुझे वे लोग अच्छे ही नहीं लगते। बड़े पुराने ख्यालों के हैं . .. यह करो, यह ना करो। बड़ी मुश्किल से मनोज पर से उनका असर छूटा है।"

"बहिनें?"

"बहिनों का तो सबको पता है कैसी होती हैं। सारे लेने- देने के रिश्ते हैं। कोई विरला ही होगा जो दूसरों की चढ़ती देख खुश होता हो। दो बहिनें हैं। वैसे तो भली हैं पर न तो पहनने- ओढ़ने का सलीका न सभा- सोसायटी का शऊर। देहातिनों जैसी बनकर आ जाती हैं भैय्या- भैय्या करती हुई।"

मन में तो आता कि पूछूं- मीना रानी, मनोज को मां, बहिन, भाभी सबके स्नेह के स्निग्ध, वत्सल सेंक से दूर ले जाते हुए पहले यह तो देख लेती कि तुम में इन सबकी कमी को पूरा करने की सामर्थ्य है भी या नहीं? तुम्हें

यह समझ क्यों नहीं आया कि बांहों का मांसल कसाव तो निरी कारा है... कभी भी इससे छूटना चाह सकता है कोई- बांधना ही चाहो तो बांहें खोल कर देखो कि कोई कितना बंधा है तुमसे।

एक दिन वह बाज़ार जाने के लिए तैयार हो रही थी। बड़ी देर तक अपना सूटकेस सामने रखे बैठी रही। यह सोचकर कि पूरे कपड़े नहीं ला पाई होगी, मैंने उससे पूछा- "मीना, कुछ चाहिए तो मेरी अलमारी से ले लो। सूट, साड़ी जो मन चाहे, निकाल लो।"

"देखिये, कपड़े तो बहुत हैं पर इनमें से एक भी पहनना नहीं चाहती।"

"क्यों?" मैं समझ रही थी कपड़ों से जुड़ी मधुर स्मृतियां इसे परेशान कर रही होंगी। पर बात कुछ और थी।

"जैसे- जैसे कपड़े मेरे पास हैं, वैसे ही सारे तोषी के पास। आज मेरा कोई नया कपड़ा देखा कल को उसी रंग, उसी डिजाइन का उसके पास भी आ जाता है। मुझे तो आग लग जाती है। मेरी पसंद तो यूनीक है। मुहल्ले में सब जानते हैं कि मीना की पसंद की कोई बराबरी नहीं। और वह स्साली दिखा- दिखा कर जलाती है। उसका जाता भी क्या है? जेब तो किसी और की कटती है..." मुझे पता था वह फिर उस ओझल लाईन के आगे जा पहुंची है। मैंने उसे वापिस लाने के लिए कहा- "मीना, यह नीला प्लेन सूट पहन लो। बहुत सुन्दर रंग है।"

"अब क्या सुन्दर रह गया है मेरे पास। सुन्दर तो आप तब देखतीं। एक से एक खूबसूरत साड़ियां...सब के पास नहीं हो सकती ऐसी क्लेक्शन। छह सात तो सिल्क के सूट ही थे। वैसे ही बढ़िया दुपट्टे। पता नहीं कहां- कहां से मंगवाती थी मैं ये चीज़ें। कुछ सामने कुछ चोरी से...मर्दों को इतना पता भी तो नहीं रहता। नाइटी और गाऊनज के ही इतने जोड़े थे। दो- तीन तो इम्पोर्टेड थे। वह फ्रेंच शिफोन की लाल साड़ी तो अभी खोलकर भी नहीं देखी। ये चप्पल जो पहनकर आई हूं ना, ऐसी चप्पलें तो मैंने जमादारिनों को दी हैं। सारी मैचिंग सैंडिलज थीं। किस- किस चीज का मन मारूं? मेरी सारी ज्यूलरी...।"

"तुम्हारे पास कोई लॉकर नहीं था मीना? सब घर में पड़ा था?"

"लॉकर? ना तो...मैंने तो कभी इस तरह से सोचा ही नहीं था। मेरा तो अपना कोई बैंक का खाता तक नहीं है। आती बार जो पैसे चाहिए थे,

वे भी रिकी ने दिए थे...वही कभी- कभी मनोज से ले लेता है। उससे डरते भी हैं।"

मेरी चुप रहने की ताकत भी चूकने लगी थी। उस दिन तो मैंने कह ही डाला- "मीना मैं इसे समझदारी नहीं समझती। इतने लम्बे विवाहित जीवन के बाद एक दिन किसी औरत को लगे कि उसका अपना कुछ भी नहीं... वह पाई- पाई के लिए मोहताज़ है... क्या तुमने उससे बिस्तर ही सांझा करना था? इससे तो दो पीढ़ी पहले की तुम्हारी दादी अच्छी थी जो पूरी तरह निरक्षर होकर भी घर की एकछत्र मालकिन थी। वह तुमसे ज्यादा समझदार थी...।" वह एकटक मुझे देख रही थी। अब भी उसकी आंखों में कोई रोष नहीं था। बस अचरज जैसा कुछ था। समीर मेरी आवाज़ सुनकर अपने कमरे से बाहर आ गए थे।

"यह कौन सा सरमन चल रहा था, ऋचा? लगता है तुम उसे पूरी तरह से कन्वर्ट करके रहोगी। खैर, आई विश यू सक्सेस। फिलहाल गरमागरम चाय हो जाए।"

मैं चाय बनाने चल दी थी और मीना मेरी पसंद का नीला सूट पहनकर बाज़ार। जब लौटी तो बाल बिल्कुल दूसरी तरह बने हुए थे। मेरे पूछने से पहले ही बोली- "सच, बड़ा डल जैसा लग रहा था फेस। पार्लर जाकर आई हूं। हेयर स्टाइल बदल दिया। रोज़- रोज़ वही बासा, पुराना सा चेहरा- बोरियत हो जाती है।"

"अच्छा किया मीना। काफी तरोताजा दिख रही हो। ऐसा ही होना चाहिये। क्या हर वक्त का रोना? वह खुश है। तुम भी खुश रहने की कोशिश करो।"

कभी- कभी वह इतना रोती कि मुझे लगता अब चुप कराना सम्भव न होगा। परन्तु फिर देखती कि कुछ देर बाद वह खुद ही नार्मल हो गई है। कभी बालों में मेंहदी लगाए बैठी है तो कभी रोलर। कभी नेल पॉलिश रिमूव कर रही है तो कभी नेल फाइल से उनकी शेप बना रही है। एक दिन कहने लगी- "कल मेरे साथ बाज़ार चल सकेंगी? बड़े दिनों से कोई शॉपिंग नहीं की।"

"क्या लेना है?"

"देखूंगी, कुछ पसंद आया तो खरीद लूंगी। मेरे पास हल्के रंगों के

कपड़े नहीं हैं। सब सूट कढ़ाई वाले हैं या खूब शोख रंगों में है। अब मेरा जैसा मन है आजकल और जैसी मेरी ज़िन्दगी है- कपड़े भी उसी तरह के होने चाहिए। जैसे मोतिया, आसमानी या बादामी वगैरह। देखूंगी क्या वह फिर मेरी नकल करेगी?"

बाज़ार में दो- तीन सूटों के अतिरिक्त उसने एक कैसेट भी खरीदी थी। घर आते ही बाहर वाला कमरा धीमे- धीमे स्वर से भर उठा- "आ नील गगन तले- प्यार हम करें..."

बाहर आकर देखा वह अधलेटी सी बैठी है। आंखों की कोरों से आंसू बह रहे हैं। पता नहीं मेरा कौन सा एंठा हुआ हिस्सा पिघलने लगा। मैं उसका माथा सहलाने लगी।

"तुम्हें यह गाना अच्छा लगता है?" मैंने बहुत कोमलता से पूछा।

"मनोज का फेवरिट है। मैंने उसके जन्मदिन पर यह कैसेट उपहार दी थी। हम नई गाड़ी लेकर जब वैष्णो देवी माथा टेकने गए- सुखना की थी, जब भी गाड़ी लेंगे तो दर्शन करने आएंगे- तो सारा रास्ता मनोज ने यही गाना लगाए रखा। कितने शौक से गाड़ी ली थी- अब किसी और के काम आ रही होगी।" उसके बदलते हुए स्वर के साथ उसके प्रति उमड़ी हुई मेरी कोमलता फिर कठोरता में बदलने लगी। तब तक दूसरा गाना आने लगा था- "रहते थे कभी जिनके दिल में..." साथ ही वह बता रही थी- "मुझे बचपन में गाने का बहुत शौक था। यह गाना मैं अक्सर गाती थी- हर किसी की फरमाइश पर। तब क्या खबर थी कि यह गीत मेरी ज़िन्दगी की हकीकत बन जाएगा. ..।" मैं चिल्लाना चाहती थी "शट अप"। पर मैं उठी और खट से स्विच ऑफ कर दिया।

"गाना बंद क्यों किया?" आपको संगीत में रूचि नहीं है क्या?

"संगीत में रुचि तो है पर... क्या फिर से ऑन कर दूं?" मैंने देखा वह मेरी प्रतिक्रिया से आहत हो आई थी।

"नहीं, रहने दें...अकेले में सुन लूंगी। घर में जब भी अकेली होती थी या तो टी.वी. देखती थी या फिर गाने सुनती थी। अच्छा मन लगा रहता है। मैं कहीं पड़ोस में उठने- बैठने की कतई शौकीन नहीं हूं। इतना वक्त होता है कोई करे भी तो क्या? मुझे न तो निटिंग अच्छी लगती है, न सिलाई- कढ़ाई। आजकल सब कुछ रेडीमेड मिल जाता है। कौन आंखें बरबाद करे?

अब औरतें कम ही करती हैं यह सब। रिवाज़ भी नहीं रहा..."

"कुछ पढ़ लिया करो..." कहते ही मुझे अपनी गलती का अहसास हुआ। फिर बात बनाने की कोशिश की- "सबका अपना- अपना तरीका होता है, अपनी- अपनी मरज़ी..."

"और क्या...टाइम ही तो काटना होता है। हफ्ते में दो- तीन बार सत्संग हो आती हूं। बहाने से घर से निकलना भी हो जाता है और लोगों से मिलना जुलना भी। वहां भी बच्चे- बच्चे को हमारी बात पता चल गई है। तभी तो मनोज को मेरा वहां जाना अच्छा नहीं लगता। सेक्रेटरी साहब ने बीच में पड़कर समझाना चाहा तो उल्टा उन्हीं पर दोष मढ़ दिया कि दूसरों का घर चौपट कर रहे हैं..."

इस बात को यहीं खत्म कर देने के आशय से मैंने कहा- "सब ठीक हो जाएगा, मीना। सब बुरे सपने की तरह बीत जाएगा। एक तूफान सा उठा है। तूफान हमेशा तो नहीं रहता। वह जल्दी ही अपनी गलती महसूस करेगा- फिर लौट आएगा तुम्हारे ही पास...।"

"मैं भी कभी- कभी सोचती हूं कि ऐसा हुआ भी तो क्या मैं भूल पाऊंगी यह सब? माफ कर सकूंगी उसे? नहीं, यह नहीं होगा मुझ से। यह दरार, यह फासले ऐसे ही रहेंगे। कई बार कह चुका है वह- "मीना, मुझे मौका दो एक बार माफ कर दो, एक बार सुन तो लो..." पर बहुत कठिन है। एक बार प्यार के धागे में जो गांठ पड़ गई वह नहीं खुलती, धागा भले ही टूट जाए। दिल के आईने में जो दरार पड़ गई सो पड़ गई। भला आप ही बताओ कैसी होती होगी ये इस तरह की औरतें? क्या खास बात होती होगी? कौन सी अदाएं? कुछ तो होता होगा जो हम जैसों में नहीं होता। अब मनोज भी तो कहता है- वह समझती है मुझे- मेरी हमदर्द है- मेरी दोस्त है- मां की गोद की तरह चैन मिलता है मुझे उसके पास। मिलता होगा। कई फिल्मों में भी तो ऐसा ही दिखाया जाता है। पर पहले तो ऐसा नहीं था वह। तब तो उसका सपना भी मैं थी और मंज़िल भी मैं- साहिल भी मैं और किश्ती भी मैं, अब कैसे बदल गया सब? आप शायद नहीं मानेंगी। मुझे तो लगता है ज़रूर कोई डायन मंत्र होता होगा या कोई उच्चाटन- तंत्र। उसकी तो जन्मपत्री भी ऐसा कोई भटकाव नहीं दिखाती...।

"ओह मीना!" कभी- कभी तो मैं असमंजस में पड़ जाती। कोई करे

तो क्या करे? तरस खाए? दुलारे- सहलाए? या फिर पूरी तरह से झिंझोड़-झकझोर कर रख दे।

यह तो प्रतिदिन की दिनचर्या थी। एक आदि अंतहीन बिखराव। सब कुछ उसके आंसुओं के सैलाब में डूबा हुआ। दलदल। समझ नहीं आता था कि वह क्या चाहती है? मनोज से उसे अब भी प्रेम है या घृणा? उसे छोड़ना चाहती है या स्वयं उसके पास जाना? अपने बूते पर जीना चाहती है तो उस जीवन का उसके मन में कैसा रूप आकार है? मोहभंग का दंश कितना गहरा है? जीवन से विरक्ति कितनी टिकाऊ? रिश्तों की समझ कितनी साफ?

हर प्रश्न को एक सिरे से पकड़ती तो दूसरा सिरा कहीं खो जाता। यह ज़रूर था कि समीर के साथ मैं भी पूरे मनोयोग से यही चाहती थी कि उसकी कुछ मदद कर सकें। परन्तु हमें यह समझ नहीं आता था कि उसकी ज़रूरत क्या है? कभी तो मुझे यही लगता कि किसी पूर्व रचित फिल्मी कहानी की तरह ही मीना की कहानी का भी अन्त होगा। गलतफहमी से पैदा हुए मुसीबतों के बवण्डर उठेंगे- शांत हो जाएंगे। कहानी के दोनों मुख्य पात्र जो अनिवार्यतः एक- दूसरे के लिए बने हैं- उठते- गिरते, दौड़ते- सम्भलते अन्ततः एक- दूसरे की बाहों में आकर सिमट जाएंगे- पर्दा गिरेगा, चिर प्रशिक्षित दर्शक चैन की सांस लेते हुए थियेटर के अंधेरे तिलस्म से बाहर खुली हवा में आकर एक- दूसरे से पूछेंगे- कहो, कैसी रही?

परन्तु मीना कहानी तो नहीं थी ना? उसके सुख- दुख सब असली थे और उन मोमबत्ती जैसी पिघलती आंखों के आंसू गरम भी थे और खारे भी। उन्हीं की आंच से झुलस कर मैंने कहा था- "मीना, पुरुष के बिना भी निर्वाह हो जाता है। अपनी शर्तों के साथ ही फैसला करना। कोई ज़रूरत नहीं है उसके सामने गिड़गिड़ाने की। अपने को कमज़ोर समझने की। कल को रिकी बड़ा हो जाएगा। फिर तुम ही तो नहीं हो एक अकेली। भगवान न करे..."

वह मेरा तात्पर्य समझते हुए बीच में बोल पड़ी थी- "वह विपदा और तरह की होती है। भगवान खुद ही सहने की ताकत भी दे देता है। पर आप ही सोचो। अभी इतनी उमर कैसे कटेगी अकेले? मेरा कमरा, मेरा खाली बिस्तर सब काट खाने को आते हैं। वैरिन रात नागिन की तरह डसती है। जहां मैंने सुख की बेहोशी में उमर काटी वहीं होश में आने पर देखूं कि कोई नहीं है, बस मैं हूं और मेरी मनहूस परछाई है। सांझ है और तनहाई है- नहीं.

..मुझे मनोज चाहिए। वह मेरी ज़रूरत है।"

आह! उसका तपता हुआ उच्छवास ठण्डे चाकू की तरह मेरे दिमाग में घुस जाता है। मैंने क्यों ध्यान नहीं दिया इतने दिन? कई बार तो सुनी थी मैंने उन गहरी उसासों की आवाज़ें। बिस्तर पर करवटें बदलती कराहें। एक दिन तो मैंने लाइट ऑन करके पूछ ही लिया था- "मीना, नींद नहीं आ रही है क्या?"

"आप क्या समझती हैं कि जब आप अपने कमरे में सो रही होती हैं तो मैं भी सो जाती हूं? नहीं, सबके भाग्य में ऐसी घनी नींद कहां है? नहीं मुझे तो रोज़ ही नींद नहीं आती।"

"कल मेरे साथ सोना।"

उसने अविश्वास से मेरी ओर देखा फिर बोली- "एक लम्बी आदत होती है...एक सहारा- एक सांझा। कल तो सोचते- सोचते सिर पटकने लगा था। दबे पांव आपके कमरे में चली गई। अलमारी से सिर दर्द की गोली चाहिए थी। देखा आप मामा की छाती पर सिर रखे चुपचाप सोई हैं। मैं बिना दवाई लिए चली आई। सोचा खटका होने से आप जाग जाएंगी।"

आगे के कुछ दिन तो मैं खुद सो नहीं पाती थी। मीना की उनींदी बेचैन उपस्थिति संक्रामक थी। आंख मूंदते ही लगता वह मुझे सोया हुआ देख रही है। नींद में कई सुराख नज़र आते और उनके पीछे उसकी पथराई डबडबाई आंखें। मैं चुपके से उठती, सोए हुए समीर के ऊपर कम्बल ठीक- ठाक करके दबे पांव उसके कमरे में आकर स्वयं उसके पैताने जाकर पड़ी रहती। तब कहीं सो पाती।

उन दिनों मैं यह सोचने लगी थी कि घर से दूर यह बदलाव उसके लिए अच्छा ही है। कम से कम सारी स्थिति को एक अपेक्षित दूरी से देखेगी तो सब कुछ सही अनुपात में देख पाएगी। घर में उसके होने की भी आदत सी होने लग गई थी। परन्तु एक दिन शाम को समीर के घर लौटते ही कहने लगी- "मामा, मैं कल चली जाऊंगी।"

"क्यों? अभी रहो ना। मनोज खुद लेने आ जाएगा।" समीर ने कहा।

"नहीं, मेरा कुछ दिन चले जाना ज़रूरी है। एक बार घर देख आऊं। बच्चे भी उदास हो गए होंगे। मेरे इस तरह चले आने पर भी सबने क्या- क्या सोचा होगा। जाकर फिर लौट आऊंगी।"

मीना रुकी नहीं। चली गई थी। पूरे साल भर बाद वह आज फिर बिना किसी पूर्व सूचना के चली आई है। मेरे और समीर के प्रति कृतज्ञ है कि हमने पिछले साल बहुत बुरे दिनों में उसका साथ दिया।

ईश्वर की असीम कृपा ही तो है कि वह एक बार फिर मनोज को लेकर आई है। कालीबाड़ी में मन्नत मांगी थी कि सब ठीक हुआ तो पति के साथ आएगी।

मनोज के बारे में उससे जो कुछ सुना उससे परेशान हो गई थी मैं। मैंने पूछा..."पर यह सब हुआ कैसे? यहां भी अच्छे डॉक्टर हैं। इन्हें दिखलाना चाहो तो मैं भी कुछ मदद कर सकती हूं..."

"नहीं, नहीं इसकी ज़रूरत नहीं है।"

"क्यों... मीना? आजकल तो बहुत अच्छे इलाज हैं..."

"वह तो ठीक है पर..."

"क्या...?"

" 'मानसिक रोगी' हैं तो इतना कुछ बुरा तो नहीं है। एक गोली सुबह नाश्ते के साथ एक रात को दूध में मिलाकर इन्हें बताए बिना दे देती हूं... ज़िन्दगी अच्छी कट रही है।"

●●●